I BELIEVE
アイビリーヴ
柳りゅう
Yanagi Ryu
文芸社

Contents

第一章 闖入者《ちんにゅうしゃ》

世も末な滅びの音がした。
かねてから土砂崩れが起こりやすかった地盤は、大きくたわんだ……気がした。
エンタークの街は谷の中にある。
そこへ入ろうというものは、必ず急斜面の土手を下らねばならない。
今、そこへ新たに踏みこんだ勇ましい若者がいた。
彼が聞いたのは、それはそれは、おどろおどろしい音色、いや破壊音だった。
——エリン・ミュージック。
山岳の民族音楽で、優雅な神霊《しんれい》に遊ぶ歌である。
蛾《が》や蝶《ちょう》などが、鱗粉《りんぷん》をまき散らしながら、炎にまつわりつく様子が目に浮かぶ。
たとえようもなく、なまめかしい色香《いろか》を放つ楽曲なのだ。
——宗教色も濃い。
だが、それだけでは本来実害はないのだから、やはり歌い手に原因があるのだろう。

神秘の歌を、これほど凶悪《きょうあく》な怪奇音に変えてしまうのだから。

崖っぷちに立っていた人は、それを聞いただけで命とりになってしまう。

実際、旅の若者はエリンの歌に、うっかり崖から足を滑らせた。

気分がいいのは、陽気に歌っていた本人だけである。

その恐るべき悪声の持ち主、エリン・リィ・イルはイルの国リィ族の子。

紅い巻き毛。

金色にも見える茶色の瞳。

白い容貌にその二つがよく映える。

はにかんだ笑顔が中性的にも見える少年である。

彼は末期的な音程をのぞけば、ごくごくまっとうな認識力の持ち主であった。

それで、頭上から降ってきた来訪者を、むろんのこと、無視はしなかった。

見晴るかす空は、のばした手が天まで届きそうな気がする。

そんな陽気な、ある日の午後であった。


「おいっ、だれか！　人が、上から落ちてきたっ。手をかしてくれ！」

崖の下には、今さっき落ちてきた人物の細い手足が力なく土をかんでいた。

華奢《きゃしゃ》なラインの衣服が、ところどころ破れて肌がのぞいている。

だが、まだ意識はある。

なんとか立ち上がったのがその証拠だ。

若々しい肢体は二つに折られて、あたりを探っていた。

彼はようやく見つけた眼鏡《めがね》の汚れを親指でぬぐうと、なにごとかつぶやいた。

青灰色の髪が土にまみれて、光を失ったように沈んでいる。

エリンは、土を掘り返すために手にしたつるはしを、重みに任せて放り出した。

見上げた先には、十人が両腕を広げた幅ほどの高さの崖。

さらに上には、街を一望する丘陵がひかえている。

あそこから落ちて無事な人間がいたとは！

「あんた！　なんでまた、あんな見晴らしのいい、てっぺんから落ちてきたんだ。足もとくらいちゃんと——」

見ろ、と言いたかった。

だがしかし、エリンがその一言を言う前に、少年にたたき伏せられた。

青年のその細腕に似合わぬ力で、強引に。

「うげっ、なにをするんだっ」

エリンは土砂の中に顔をうずめ、もがいた。

一方、半死半生《はんしはんしょう》の相手は、一声うなるなり昏倒《こんとう》してしまった。

「悪魔の声が……頭の中に響いて……悪夢、だ。オレは死ぬ……」

倒れる寸前に、ぶつくさ言っていたのが、エリンにははっきり聞きとれた。

聞かなかったことにしよう、と彼は思った。

覚えていても、べつに彼にとって、めでたくはなかったからだ。

とりあえず、彼はバロイを、まだ嫌いではなかった。


「なんでさ。レスキューだよ、必要なのは！」

駆けつけてきた自分と同い年くらいの少年を見て、エリンはがなった。

彼の紅い巻き毛が、金の粉でもふいたように陽にきらめいては派手にゆれた。

相手は丈夫そうな、ポケットがたくさんついたジャケットを身につけている。

さらにズボンのほうも機能性を重視したタイプで、やはり大きいポケットがついている。

そうは見えないが、街の自警団の制服だ。

少年は、やっとのことで言葉をつむぎ出す様子である。

「冗談じゃない。ま、またおまえかっ」

やわらかそうで、逆立っている短い金髪。

緑の瞳はなにかにおびえたように、弱々しく瞬《またた》いていた。

彼の名はトゥー・タークｌ・エン。

当然のように、エンの国タークの街生まれである。

よせばいいのに、手足を精一杯ふるわせて、トゥーは文句を言おうとした。

「今月で何回目だっ。う、うろちょろするなら、許可が必要になるぞ。い、今にそうなるからなっ」

「はあ？　僕は許可をもらって、この土地の土を掘り返しているんだけど」

エリンには自分の歌が他人にどう聞こえているか、てんで自覚がない。

そうしたわけで、あきれるほどの被害届が出されていたのだ。

よそから来て迷惑をまき散らすエリンの歌声をなんとかしろ、と。

だが、本人が気づいていないので、何を言っても通じない。

いかんともしがたい。

とりあえず……生死の定かでない少年を、二人で街の診療所まで運ぶことになった。

しかし！

「エリン君。また君、歌ったのですか」

ユーイは、困ったように眉をひそめた。

穏やかそうな水色の瞳に、草木色の髪が微細な影を落としていた。

その表情は憂《うれ》いをたたえているとも言えなくはない。

「エリンでいいよ。ずっと、そう言っているでしょう、ユーイお姉さん」

彼女は物心ついたときから親を知らない。

親代わりの老治療医師は、床にふせっている。

エリンは精一杯、のび上がって彼女の判断を仰ごうとした。

実際、ユーイとエリンとの背丈の差は、ゆうに頭一つ分はあった。

「うん、脈はあるよ。打ったところを見るから寝かせて」

長く医師の助手を務めてきた少女は、きびきびと指示をする。

そのしぐさには、どこにも迷いはないようだった。

エリンはそっと息をひそめて、彼女のすることを見ていた。

横たえられた診察台の上で、若者は虫の息である。

漆喰《しっくい》の壁は、ところどころはげ落ちてしまっている。

白緑《びゃくろく》の薄いカーテンに遮られて、診療室は穏やかな光に包まれていた。

「大丈夫だ。きつけをすれば、なんとか」

手を直《じか》に、横たえられた若者の首に当てて、ふっと唇を重ねた。

マウス・トゥ・マウスだ。

「わーっ」

エリンはそれを見て狼狽した。

若者は自呼吸を始め、けいれんした手足を縮めてかすかに、もだえる様子だ。

「うっ」

若者が目を覚ます。

「ここは？」

まぶたをこすりながら薄く開いた彼の目には、ユーイだけが映っていた。

「エンタークの街の診療所だ」

エリンが怒ったように答え、若者の頑丈な頭をはたいた。

「エリン！」

ユーイは驚いて、声を上げた。

エリンは足音を立てて出ていってしまった。

トゥーも無言で、そまつな丸椅子から立ち上がる。

「あれ？　そういえば、自警団は今日は集会だったはず。トゥー、どうやって来たんです」

「え？　ええ……まあ、末席なもんだし。なにかと用事を言いつけられるんで、偶然」

気弱な少年はいつにも増して歯切れが悪かった。

「それにしても、よく運んでくれましたね」

ユーイが笑うと、トゥーは耳まで赤くした。

「い、いえ……オイラはこれで」

彼女の水色の瞳には、小さいトゥーの背中が遠ざかっていくのが見えていた。

一呼吸してからユーイは、目をしばたいている小柄な少年に、声をかけた。

「いずこへ行かれる途中ですか」

不機嫌そうに、うめくように少年は答える。

「行かない……」

「見たところ、旅装のようですが？　ね、そうではありませんか」

「行かないっつってるだろ。目的地は、ここだからな！」

いらだったようにそう言うと、少年は身を起こしかけた。

「あっ……っっっ」
少年は腰と手足をかばうようにした。
ちぎれたそでから、すらりとした腕がのぞいて、数カ所、皮膚が裂けている。
「じっとしててください」
献身的な手当てが続くあいだ、若者は青ざめた唇を噛んでこらえていた。
「これはあなたのもの？」
ユーイが示すと、若者の眉がつり上がる。
起きるやいなや、彼女の差し出す手からもぎとった。
やぼったい銀縁の眼鏡。
レンズに息を吹きかけ、留金の調子を見ているようだ。
よほど大切なものらしい。
壊れていないと知って、安心したように両耳にかけた。
白い耳にかかる明るい髪が、よその土地の者であることを示している。
それは先ほどの二人とて、同じように感じていたことではあったけれども。
少年は立てた膝に緩やかに片腕をのべて、うなだれる。
痛々しそうに息をつく、その様子は一つの絵画のような美しさだ。
簡素な旅装ではある。
ただ機能的なばかりではなく、繊細な糸で編んだような刺繍をしてある。

肩口からドレープのきいた袖口まで、軽やかで質のよいシルクだ。

どこもかしこも汚れてはいるが、気品がそこはかとなく漂っている。

少年はどこから見ても、洗練され磨きぬかれた美をまとっていた。

ただ一つ、眼鏡がその容貌の大半を覆い隠し、無機質な印象にしていた。

襟もとにも届かない、短い髪が乱れている。

邪魔くさそうに前髪をわけて、視界を確保しようとしていた。

ユーイはほがらかに言った。

「診療所が目的地ですか？」

「……エンタークだよ。この街！」

たたき付けるように言ってから、少年はふと無言になった。

穏やかな応対を崩さないユーイを相手にしては、少年も喧嘩腰でいるのがつらくなってきたのだろう。

彼女はできうるかぎり、やさしく訊いた。

「なにをしに、ここへ」

「オレの問いに答えをくれる、師を探しに」

ユーイは怪訝な顔をした。

「そんな人、この街にいましたっけ」

少年は顔をゆがめ、吐き捨てるように言った。

「師はどこにでも存在する。息吹の中でさえ」

彼女はああ、と合点がいったように、手を打った。

「かっこいいですね」

「トゥバロスのお師さまの言葉だ。オレの」

「含蓄のある言葉だと思います」

「オレは正直、よくわからん。辺境の街くんだりまで来て、どうやって探せばいいのか」

つと離れて、ユーイはエプロンをはずした。

きゅうくつそうだった胸が解き放たれたように弾む。

胸もとが白く輝いていた。

「ようこそ、辺境の街くんだりまで。さぞかしお疲れでしょうに」

少年は意識して目線をはずし、非を認めた。

「謝る。今のは誤謬《ごびゅう》だ」

「いいお師匠さまをお持ちのようですね」

ゆったりと、ユーイは意趣返しに余裕を見せつけた。

自分の住む街を辺境と呼ばれて、そうそう愛想よくはできない。

「参ったな。オレはべつにそんなつもりで言ったんじゃ」

「どんなつもりだろうと、こちらにはそう聞こえたんです。いつでも出ていってけっこうですよ。それとも口が直るまでいますか」

少年は首を振って一瞬、黙った。

「にべもないな。ただの町人《まちびと》じゃないだろう」

彼女は身を引くように、両腕で自らを抱いた。

瞳は藍色にくすんでいる。

「ただの捨て子です。もとは名もない村の子でした」

「運のいいことだ」

告白に対して、間髪容れず少年が言った。

彼女は、興味深そうに尋ねた。

「なぜ」

「このあたりでは、薬草が豊富だ。そのへんの草をむしってでも、生きのびられる。そうでなければ毒草を食べて、とっくに死んでいたさ」

「それは考えつかなかった」

彼女のかたくなな横顔が、ふと緩んだ。

「あなたの親も、気の毒に。こんな美人になると知っていたら、あなたをむざむざ放ったりはしなかったろうにな」

「なんだかむずむずしますね」

「当り前、わざとなんだがな」

斜めに見上げて、少年はユーイに皮肉な笑みを見せつけた。

「では、もう言いません。黙っていますから、そのへんにしといてください」

彼は、瞳の色を隠そうとでもするように目を細めた。
その目の光は真剣だった。
捨て子など、はいて捨てるほどいる。
みじめったらしく、それを口にする者がいないだけだ。
口にするとすれば、それは生きのびるために同情を引こうとするときだ。
彼はそんな安っぽい話を聞くくらいならば、三文小説でも読むほうがましだった。
ユーイにとっては、二度と弁明する必要がないので、気が楽になるのを感じていた。
あわれっぽく演じるのも苦手だし、自分の過去を話すのも本当は嫌だ。
今は、恵まれた環境にあるのだから、なおさら思い出したくないのだ。
ユーイのそんな気持ちを、本当は彼も、わかっているのかもしれない。
隣の診療室で笑い声がするのを、街唯一の治療医師はけげんに思った。
「ユーイ」
彼は呼んだが、ユーイは出てこない。
ちょっとの間寝台の上でうとうとして、また呼んだ。
薄暗いカーテンが開いた。
ユーイが入ってきて、腰をかがめて容体《ようだい》を診《み》た。
彼女はみずみずしいふくらみをおしげもなく見せる、胸もとまで開いた格好だった。
診療の時間は、とっくに過ぎている。

「来ているのは男か」

「子供です。遠くから旅をしてきたんです」

医師はイライラしながら、指で宙を指し示した。

「今日は何人目だ。あの派手なエリン坊やの被害者は」

ユーイが指を折った。

「今日は三人目かな」

「数えるほどでもないな」

「いつもは、もっと多いですから」

老医師は重い吐息をついた。

「こうなったら、街から出ていってもらわねばならん」

「どっちにですか」

医師は、急に動力が切れたからくりのように、腕の力をなくして視線と一緒に頭《こうべ》を巡らせた。

「どっち、とは?」

医師が見ると、ユーイは笑いをこらえている。

「エリンにですか、それとも今日来たほう?」

その声はすでに、笑い出しそうであった。

「エリン坊やに違いなかろう」

厳《いか》めしく言って、老医師は眉をひそめた。

笑みをもらしながら、ユーイはせきばらいをして、ごまかした。

「バロイは喜ぶかもしれません」

「聞かない名前だ。バロイというのか、今日来た患者は」

「ええ。師を探す旅だと言っていました」

「それにしても、おまえがそんな顔をするとは、よほど気が合ったらしいな」

「そんな……」

「しかし今、街にはそんな人材がいたろうか」

「どこにでも、師は息吹の中にさえもいると、言っていましたよ」

老医師の目に光がともった。

「なに……」

ユーイはただならぬ恩師の気配を後にして、部屋を出た。

老医師のつぶやきは、暗くなってゆく夕暮れの中に、重たくよどんで落ちる。

「では、トゥバロスが……」

彼はついに、二つの時代を生きることになってしまった。

「早すぎる……ライナ神よ。時代という瀬流を押し流すには、まだ……早い。断じて、トゥバロスをわが故国に踏み入らせるな」

老医師は組み合わせて固く結んだ両手を、西日の中に高くかかげた。

彼は傍らにある樫の杖に手をのばすと、震える手で取りすがって立った。

膝と腰とがおぼつかず、死期は近いであろうと思われた。
それでも彼は、立ち上がらずにはいられなかったのである。
彼は二度と、この土地が踏み荒らされるのを目《ま》のあたりにしたくはなかった。
「トゥバロスの使者が……ついに、ここまで来たか」
杖は重心を支えきれず、支点を失って彼とともに倒れた。
生まれたばかりの弱々しい子鹿のように、必死で立ち上がろうともがく。
その口からは、たえまなくうめきがもれた。
「どうしましたか、先生」
隣からユーイが急いで戻ってきた。
「見損なうでない……」
冷たい石畳に弱々しく手をつきながら、彼はあえぐように首を振った。
樫の杖をようやくつかむと、息を切らしながら立ち上がろうとした。
ユーイが手をかす。
それを払いのけて、老医師は顔を振り仰いだ。
白い霜のような眉毛を持ち上げると、急に青灰色の瞳を大きく見開く。
視線の先には、バロイがいた。
ちょうど、ユーイの後についてカーテンの裾を割って入ってきたところだった。
茶色の目を瞬いて、少年は老医師を見すえた。

その特有の顔立ちに、激しく反応すると老医師は叫んだ。

「見損なうな！　トゥバロスがわれわれになにを要求するか、わかっている。ここが村だったころにも、使者がまつわりついてきたぞ」

継いだ息の合間に、彼は懸命に言葉をつむいだ。

しゃがれた声が地をはうように響き、聞く者の神経をおぞけだたせた。

「帰れ！　帰って告げよ。おまえの師には、エンタークは犠牲もやらぬ、追従もせぬと。おまえが見るものは、すべてうそだ。偽りだ」

決して好意的に若者を迎える目ではない。

獅子のたてがみのように逆立つ老医師の毛髪が、青白く燃えた。

身を滑らせるようにして、若者は彼の前に片膝をついた。

見上げる若者の瞳は涼しげで、水を打ったように静かだった。

「それがどうしたのです。老いた師よ。オレはここまで来た。帰ってから、師匠には見たままを告げましょう。あなたはなにを恐れるのです」

「恐れではない。憎悪だ！　……恥を知れ。エンタークには、おまえの望むものはない。なに一つだ！」

「ならばこのバロイの師は、この土地を呑むでしょう」

「させぬ！」

興奮して身を乗り出しかける老医師を、ユーイがはがいじめにした。

「先生、なにをそんなにお怒りですか。なんのお話をなすっていらっしゃるのです」

樫の杖の先が、空中をかいた。

「ユーイ……この場は、はずしているのだ」

老医師は、口から泡を飛ばさんばかりの形相でバロイをにらみつけている。

彼女は眉を寄せて説得しようとした。

「いいえ、なぜ私が聞いてはならないんですか。この国に関わる話ならば、私にも聞く権利があるはずでしょう」

「いや、聞いてはならない。おまえには関わりがない」

傷ついた表情の彼女に、バロイが言った。

「ユーイ、あとで、あなたにも話そう」

「ならん！」

老医師の眉はつり上がり、まなざしにはこれまでにない気迫がこもっている。

ユーイはひきさがり、閉じたカーテンの後ろで息をひそめた。

立ち聞きは作法にはのっとっていないが、聞かなかったことにすればいい。

聞いてはならないと言われたのだから、しかたがなかった。

西の空が金色に輝いていた。

もうじき、夜闇があたりを包みこむだろう。

少年は宿をどうするのだろうか。

エリンは？　あの調子では、今日も宿屋は彼を拒むであろう。

歩く騒音公害のような彼も、もうちょっと黙っていさえすれば、とてもいい子なのに。

怒鳴り声が隣で響く。

ユーイは食事を作りながら、それがやむのを待っていた。

実のところ、聞き耳などたてずともまる聞こえだった。

『トゥバロスの遠征軍』だの、『興味を引くために行われる生け贄の儀』だのといった言葉が幾度も、声高に叫ばれていた。

「遠征軍……生け贄？　よくわからないわ。もっと、よく確かめて聞きたいけれど……」

彼女がつぶやいたときだ。

表からじゃり道を踏みしめる人の足音と、うめき声が聞こえてきた。

「やあ、ユーイ。ここのところ、どうだね」

戸を開けると、室内の明りでどうにか顔が判別できた。

自警団のオルリーだった。

荒いあごひげに、ところどころ白いものがまじっていた。

もり上がった肩といかつい体軀が、いかにも自警団の長らしい威厳をたたえている。

「なんだ……なにごとかと思いましたよ」

うす暗いのでくすんで見えるが、その制服の色はモスグリーンのはずだ。

その傍らで、耳をひっつかまれて悲鳴を上げている人影が見て取れた。

小さなその影は、トゥーだった。

「こいつ、集会だっていうのに、遊んでいやがった」

オルリーがトゥーをこづき、またも悲鳴が上がった。

「スカスカな音がするな」

「人聞きが悪いよ。ち、違うったら。人助けだったんだ。せ、説明してやってくれよう、ユーイ！　痛ったーっ」

手足をばたつかせ、必死に逃れようとするトゥー。

「なにが説明だ。フラフラしとったから、言い訳しとるだけだろうが！」

「まあまあ、オルリーさん。彼は怪我人を運んでくれていたんです。ですから怒らないでやってください」

彼女の言葉に、オルリーは心底、珍しいものでも見たような顔つきをした。

「そうか。いや、しかしね、毎度必ずこいつには、我慢をさせられているんだ。たまにはいいことをしなくちゃ、採算合わんぜ。坊主よ」

「いいかげんにしろよっ。オイラの耳が、のびちまうよ！」

「おう、のびろのびろ。そうしたら、少しは聞きわけがよくなるかもしれねえ！」

オルリーは手を放すと、重い鐘のように笑った。

トゥーは素早く身を低くして、ヤブの中へと、脱兎のごとく駆けた。

「あっ、トゥー！　逃げなくてもいいでしょうっ」

「ほっといてやれ。べつに街から出るわけじゃあねえ。大丈夫だ」

「でも……」

「あいつはこの街生まれの、この街育ち。ここいらはあいつの庭よ。迷子になったりしたら、大笑いってとこだ」

「しかし……いえ。それはべつにしても、なぜ団長自らがわざわざ、おいでになったのですか」

質問をはぐらかすようにうなった彼を、ユーイは注意深く観察していた。

「ああ。その、坊主が言っていた、あぁ、なんだ、またどっかから来たっていう若者のことなんだが」

顔にも、体にも妙な兆候はない……まだ。

「体のあちこちを打ってます。怪我自体は命に関わるものではありません。少し、精神的ショックのほうが大きかったようですね」

言いにくそうに、オルリーは控え目に尋ねた。

「それでその、まだ？」

「えっ」

彼の声音が変わったのに気づいて、ユーイが聞き返すと、

「ここに、まだその彼はいるのかな」

急に、目の色が険しくなっている。

「いいえ、いませんよ」

「ではどこに」

「さあ。起きるなり、出ていってしまったので……お捜しですか」

「いや……べつに」

言葉をにごすオルリーに、ユーイはかまをかける意味もあって、茶化した。

「ははあ。ここのところ、いつになく平和が続きすぎたので、退屈しきったって顔ですよ」

人の悪い笑みなど、生まれてこのかた見せたことのないユーイ。

存外、ひっかかりやすい質だったらしい。オルリーは声をうわずらせた。

「やっ、そんなことは……とんでもない。ただ……いやこれは関係ないか」

「ただ？　なんです」

「いやいや、子供に言うこっちゃないが……昨日から領主さまがお見えなさらん。いつお帰りになるかと、待っているんだがね」

「そんなことでしたか……いえ失礼」

この街の領主の気紛れは、いつものことだ。

思いつきで、供もつけずに各地を彷徨《ほうこう》しては、夜中に戻って街中の扉をたたいたりする。

まさに傍若無人。

おのれの情熱の赴くままに行動し、人をまきこむ。

そのたびに自警団の出番だ。

「それはまた……お気の毒に」

「そう言われると。へっ……なんか、情けないこったが」

オルリーの顔は泣き笑いに見えた。

「いつもの気紛れだといいですが」

ひとしきり苦笑いをして、二人は息をついた。

重たい気分がユーイの胸を押していた。

オルリーは気づいていない。

「それにしても暑い。最近は、夜もよく眠れないんで、イライラしているんだ。なにかいい方法はないかね」

男は額の汗をぬぐった。

「安眠草を差し上げましょう。枕に入れておけば、少しは寝苦しさがなくなりますよ」

「ありがたいことだ」

ほっとしてユーイは胸をなでおろし、戸を開けた。

中から小さな壺を取り出して、差し出す。

「これからしばらく休業しますから、いっぱい持っていっていいです」

彼女はほとんどまるごと、中身を与えた。

「これはこれは！　人にやるほどある」

「このあたりに自生しているものですからね」

オルリーは乾燥させた草の穂を、鼻先に持っていって芳香をかいだ。

やわらかい、心地よい眠りを誘う香気だ。

彼は深く息をつき、小刻みに首を振る。

「ふむ。しかし素人にはわからんな」

似合わぬそぶりで目を細めた。

陽気な鼻歌なぞ歌いながら、いかつい手で壺の中身を自警団の支給品である革袋につめた。

「休業なんぞといわずに、ここの診療所にはいつまでも安眠枕のような存在でいてほしいものだ」

いっぱいになった袋を満足そうにたたいた。

「まあ、ほんの数日ですから。畑を見ないと」

「いやその数日が……イルリィから来た子供のこともある」

「エリンですね」

彼はうなずき、暗青色《ブルー・ブラック》の髪をひっかいた。

「いや、もうなんというか……長老が置いていいとさえ言わなんだら、こんなことにはならんものを」

大の男の弱り切った声に、またも視線を伏せ、わずかにほほ笑むユーイ。

「こうなってしまってはしかたないです。まあ、少しは退屈が紛れるのではないですか。歌はともかく、私は彼のきれいな瞳がいいと」

彼は、むずかしそうにあごひげをむしった。

「それはそれ。花の顔《かんばせ》を愛でるのも、余裕のある者のすることでね。珍しい客人も歓迎するのは三日までというもの」

「十日も過ぎるとおもしろくなくなる？」

「これだけ騒ぎになっていれば、まだ話題性はあるんだろうが。しかしひどい歌声だ。耳栓が売れてしょうがない、と雑貨屋が喜んでいる始末だ」

ユーイはそれを聞いて失笑した。

「こちらは薬草がいくらあっても足りない、と」

視線がお互いに定まらず、あたりの暗がりに負けずに、昏《くら》い笑みが二人の間に広がった。

確かに、二人の言葉に多くの者が共感したことだろう。

「オルリーさんは、耳栓はしているんですか」

「しているさ。怪我人を運ぶ途中で、共倒れになってもしかたがない」

「それはそうです」

「それじゃ、これで……」

「待ってください」

「へ？」

「もしもですが、バロイを見つけたらどうなりますか」

「べつにどうもなりはしない、が……」

「が？」

ユーイはみじろぎ、彼の言葉を待った。

「バロイ、というのが名前か……。いや、こちらの話。……では失礼」

「あっ、オルリーさん」

「なんだね」

「なんでもありません」

「じゃあ、先生にもよろしく」

「はい……確かに」

一陣の風が、彼女の前髪をさらった。

オルリーはたぶん、なにも知らないだろう。

トゥバロスについても、バロイについても。

ならば彼のことはまだ知らせないほうがいい。

彼女は、老医師につりあうだけの重みのある年輩者を思い出していた。

この街の長老だ。

彼は若かりしころの医師とともに、戦場へと赴いた一人である。

彼ならばなにか教えてくれるかもしれない。

――星は見ていた。

彼女が道で滑ったこと、それでもすぐに立ち上がって、また駆けたこと。

じゃり道で痛んだ足を無理に動かして、館を目指したこと。

遅い時刻なので、裏木戸をたたくと、出てきたのは迷惑そうな顔の使用人だった。

「どう言えばいいのかわからないけど、緊急事態なの。すぐ、長老に会わせて！　お願い」

ユーイが背伸びをして、中をのぞいても、見えるのは、背の高い男の上背だけだった。

「駄目だめ。もう年寄りなんだから、無理はさせられないよ。それに明日なら、私から話を通しておくから」

「そんな悠長な話じゃないのよ」

「だれ？」

館に世話になっているエリンが、眠そうな目をして裏木戸から頭を突き出した。

「エリン！　この人をどうにかして。歌って」

「え……でも」

「エリン。お願いよ」

「わかったよ」

あー、と大口を開いて、エリンは発声の調子を見るように声を上げた。

それだけで役立たずの使用人は、化け物にでも会ったかのように引っこんでしまった。

「助かったわ」

「でもさ、長老はおやすみだよ。僕、彼に迷惑をかけるようなこと、したくないんだ。かわいそうだけど、明日にしたら」

「だから、そんな場合じゃ……」

「わかっているよ。お姉さんが言いたいことは。こうでしょ、今日あの子が来たことに、どういう意味があるのか。でもさ、絶対無駄だと思う」

「どうして」

「だって高いびきだもんね。安眠草をもらったから、久々によく眠れそうだって、喜んでたし」

「……しまった」

「えっと……だから、無理だと思う」

エリンは上目遣いでユーイを見た。

「でもね……私は知りたいの。今日でないと駄目なの。だって、今日明日にもバロイは行ってしまうのよ」

「え……もう？　いやあ、残念。話を聞きたいなと思っていたのに」

「だから今日中に会いたいの。長老に」

「どうして長老なの？」

「だから、説明している場合じゃないんだってば」

「説明もなしに協力できないよ」

「じゃあ、私の言うこと、信じてくれる？」

「お姉さんの言うことなら、絶対」

「そう……あのね」

エリンはかなり作りこまれたその話をはなから信じて、表情をこわばらせた。

「えっ、そんな……ひどい」

「ね？　ひどいじゃなくて、とんでもない話なのよ」

「じゃあ、これから戦争に？」

「頭いいわね。そうよ、そうしたら私の立場、わかる？」

「わかるかな……」

「私は捨て子よ。どうしたって、恩を返すために、生け贄になるわよ。だから、最初に話の全容を知っていたいの」

ユーイのでまかせを、エリンは信じた。

「じゃあ……そうっと、お願いだから静かに。長老の部屋のドアを開くから」

エリンは正直な話、彼女が生け贄になるなら自分もだ、と考えていた。

エリンは信心深い山岳の一族の出身だった。

好きになった相手とともに死ぬのが、礼節であり、天界で一緒になる方法なのだ。

「いいわ。開けて」

「うん……」

「エリン」

「なに？　お姉さん」

「ルール違反よ」

エリンは握っていた手を放した。

「ちょっとくらい……いいじゃない」

「お姉さんは失望したわ」

「これから死ぬのに、一度だって応えてくれたことはないんだもの。ひょっとして、ユーイお姉さんは僕がお嫌い？」

「悪夢よ。あなたなんか嫌い」

「…………！」

「って、言われたらどうする？」

「お姉さんっ」

放した手を、もう一度、力をこめて握りしめると、エリンは泣きべそをかいた。

「完全に、嫌われたと思ったよーっ」

「いいから、早くして」

「うっ、うっう……」

冷たいユーイの態度。

しかし彼女の耳のつけねはうっすら赤くなっていた。

「じゃあ……あとで」

「あと？　本気で待っていて、いいのっ？」

「いいから。ドアを閉める者がいて、初めて成り立つのよ、こういうことは」

「あ……そういうことね」

さっきまでは完全に自分のことを拒んでいた……はずが。

「駄目だめっ、しっかりしないと……」

ユーイは武者ぶるいをするように身をふるわせて、ドアの向こうに身を滑らせた。

「えっ？」

エリンはかわいそうに、枕を抱いて待機することとなった。

廊下はひんやりとしていて、涼める以外は、なんら得するところのない役割だった。

本当にしかたがないったら、しかたがないのだ。

彼は枕を壁に当ててよりかかり、ほうけた顔で列柱を眺めた。

大理石の彫像につたがからんで、風にゆれていた。


「長老……長老」

起きてくる気配はない。

「どうしてもお聞きしたいことがあるのです。起きてください」

「う……ユーイか。なんだね、年老いた老人に、この夜中に聞きたいこととは」

長老はややひがみっぽく、眉をしかめた。

「長老、トゥバロスの使者が……」

「なに？」

身を起こして、長老は長い白ひげをはね上げた。

「トゥバロス？　聞いたような。そうだ、私が遠征に行ったときのことだ。都では生け贄の儀を行い、民衆を戦いに扇動していた」

「やはり生け贄の儀は行われていたのですか」

「ああ……小さい子供から老人まで、目を見開いて喜んでいた。悪夢だよ。それがどうかしたかね」

「トゥバロスの使者が……」

つっかえつっかえ、ユーイが自分の聞いたことを告げると、長老は眉を下げた。

「そうかそうか。二度とあのようなことにはならずにすむように、今のうちに私から引導を渡してやろう」

「明日はいかがですか」

「よい。トゥバロスの少年か。私のところへ連れてきなさい。初めから説明してもらおう、彼に」

「ありがとうございます。長老さま」

「よいよい。世話になっているのは、こちらも同じだから」

長老は枕をゆったりとたたいて、笑ったようだった。


部屋を出てみると、まだエリンはつたの葉っぱを見ていた。

その横顔に、ユーイはできるだけやさしく声をかけた。

「あ……お姉さん」

「エリン、どうもありがとう」

「ううん。で？」

「うん……まだ言えない。でもこれ以上、迷惑はかけないから。ごめんね」

「いいよ。これくらい。そんなことよりさ、お姉さんが生け贄になったら、僕も行く」

「どこへ」

「どこって、そりゃあ……お姉さんと同じところへ」

「念のために言っておくけど、死んでしまったら、同じ世界になんて行かないのよ。骨になって、砂になって、それから水になるの」

「ああもう、お姉さんたら。これは本当の話なんだよ」

「そうね」

それだけ言って、ユーイは館の裏木戸を通って出た。

ユーイは全力で走る。

心はまだ、闇のただ中だった。


白い星々が、磨きぬかれた銀のように輝いていた。

天に、淡くにじむようにゆれている虹色の月。

領主の館裏の林をぬけ、川べりに沿ってじゃり道をゆく足もとを、遮るように風が煽った。

横風が髪をさらって、彼女は風の吹く方向を見た。

川面は静かだ。岸に打ち寄せるさざなみも白く。

街の中央を通っているこの川のお蔭で、周辺の家屋にはささやかな涼風が吹く。

それらの裕福な家の近辺には、まだ救いがあった。

貧しい家々は、特に南の森の方角に集まっている。

──トゥーは最南端の住まいで、確か七人きょうだいだった。

彼は自警団で働いて、家計を支えている。

今日の彼は、少し様子が変だった。

なにもないといいが。

歩いてすぐのところに、診療所の明りがともっていた。

整えられた道は静まり返り、淡く光る白い敷石が点々と浮かび上がって見える。

月がひときわ強く輝いた。

ユーイはふいに顔を上げた。

目の前の門柱に、人影があった。

斜めに照らす虹色の輝きの中で、彼はゆっくりと門柱から身を引きはなした。

「じゃまだったみたいだね、オレは」

バロイだった。

彼はしかめた顔をユーイに向けた。

「こんなに、迷惑がられるなんて、思いもしなかった」

熱いまなざしを向けながら、彼は必死に話し始めた。

「聞いてほしい。オレは師に、こう言われてきた。三つの問いの答えを手に入れること」

「それがなにか？」

「貧富の差が激しいこの街くらい、わかりやすい場所はない。ここしか、問いに答えられる人はいないと思っているんだ」

ため息まじりに前髪をかき上げる、彼のそんなしぐさもどこか雅《みやび》やかだ。

ユーイは突き放そうとして、一瞬の間だけ考えた。

三つの問い。それを知ってどうするのか。

「答えを知ってどうなりますか」

「どうも」

「えっ」

「どうもしない。ただ、この疑問に答えられなければ、オレは卒業試験が受けられない」

「卒業……」

「オレ、この試験が最後なんだ」

「最後……？」

「テストを落としたら、家に帰らなければならない」

「そんなもののために、人の道をはずれたふるまいが許されるとでも？」

「違う」

「じゃあ、どうして気づかないんですか。あなたはその人を、見つけた師を、犠牲にするんでしょう。生け贄に」

冗談じゃない、と言いたげにバロイは話し方を変えた。

「違う！　だから、最初から話すと言ったのに」

「なにが違うんですか。そうじゃなくてなにを探し求めるんですか」

「生け贄を探しているんじゃない」

ため息とともにバロイは地面を見た。

「なにを探しているの？」

「求めているのは、師だ。オレに対して尊大でない師。教えを授けてくれる師だよ」

「おみそれしましたね」

彼女の返答はそれきりだった。

切なげな目をしてバロイは、瞳をゆらめかせた。

話をとぎらせたバロイの答えは、ユーイの答えとは違う。

絶対に違う。

「それはだれ？」

違うのだ。

「最初に見定めた師を、自分の理想の枠に重ねないで。心で確かめて。お願い」

こんなことが言いたかったの？

「そのつもりだけど」

「私があなたの問いに答られたなら……一回でも、あなたがそこに大切な意味を見出せたなら、残りすべての問いを私に投げかけてください」

ユーイは勇気を振りしぼって言った。いつになく自分が饒舌なのに感謝した。

「できないの？　できるの？」

「できる」

「なら、私は尊大じゃない、あなたの師になるわ」

バロイはユーイの唇を指先でふさいだ。

「無駄なことだ。全部の問いに答えてみせます」

「なるわ。ユーイ」

ユーイは彼の手を押しのける。

彼はじっとユーイを見つめた。

「では、最初に。貧富の差はどこにありますか、オレの師」

ユーイは正面から彼を見つめ返した。

「最初の答えは……貧しい者と富める者との差は、考え方にあるのです」

呆気にとられて口を開き、バロイは大きく息を吸いこんだ。

「そんな……簡単な答えでいいのか？」

「どうして？　それは現実なのですよ」

戸惑いを隠すように、バロイは二本の指でまぶたを押さえて視線をそらした。

「いや……それじゃ、問二です、オレの師。第二の問いは、二つの間にはどんな考え方の違いがありますか」

ユーイは胸の高さで両腕を開き、答えた。

「全然違うのです。富める者はお金持ちということで、ある種の劣等感を持ちます。貧しい者は働かねばならないという現実に苦しみます」

「そうか。では問三。第三の問いは、貧しさとはどんな人間を作るものなのですか」

「それは自分で働けばわかることでは？」

「働いたことがありません、師よ」

「よく覚えておきなさい。働かなくても生きられるけれど、それでは生きている気がしないものなのです。それがあなたです。お金持ちはそうなのです」

責めるような声音にバロイは落ち着きをなくし、その場に立ち尽くした。

「全部、答えられましたね」

「だから言ったでしょう。これしきの答えでいいのなら、近くにいる友人にでも聞くといいわ」

うかがうように、少年はユーイを見た。

「でも、お金持ちはわかりましたが、貧しい者は？」

「あなたが、金持ちであることで、すでに失ったものを持つ者です。やさしさや親切心、よく眠ることと。本音を言うこと。同情すること」

「そねむこと、ひがむこと、嫌味を言うこと、争うこと……では？」

ユーイは、指先を自分の正中線上にかざし、強い口調で言い放った。

「確かにそのとおりかもしれません。ですが、どうやらあなたは下々の方がうらやましい、とでも言いたそうですね」

気がついたように、バロイは瞬間、瞳を月光にきらめかせ、顔を上げた。

「そうです。オレ、くやしいんですよ。生まれつき恵まれたことで失ったものがあるなら、取り戻したい。……あなたを殺してでも」

熱にうかされたように、彼はもがいた。

「オレの家は有名無実で厳しすぎるしきたりのために餓死寸前。オレは一人で家を出た。けれど何かが欠けている」

顔をそむけて彼女は、なだめた。

「しようがない人。あなたは、質問の答えがたった一つだと思っている。まるきり違うかもしれないのに」

「普通じゃないですか、そんなことは。それとも、違うんですか」

挑むような訴えに、ユーイは視線を落とした。

「違いますよ。そんなことを考えるのは、あなたが子供だからです。そのままでは卒業は無理ね」

「卒業なんか、もういいですよ。あなたについてゆきたい。だからオレを愛してください。オレの師と呼ばせてください」

ユーイは戸惑いのあまり、さっきからまばたきを止められない。

「だから、あなたは子供なんです。その発想が。師はどこにでもいるものでしょう。一つの答えに甘んじられるなら、旅の意味はない」

「そこまで言われるのなら、お師匠さまに会って話してください。オレの本当の、トゥバロスの師匠はあなたのような人です」

「なるほど。よっぽどお師匠さまを困らせる子なのですね。あなたは」

ふと、温かな笑いが二人の間に起こった。

「退屈な答えだったら、どうしようかと思いましたよ。もうオレ、この答えをたずさえて帰れば、落ちこぼれても絶対に後悔しない」

「一つだけ言っていいですか。今まで、私がなにを考えていたのかわかりますか」

「早く眠りたいなあ、とかじゃ……」

「残念です。あなたが崖から落ちている姿を思い描いていました」

「崖から落ちましたか。助けてくれないのですか、お師匠」

「関係のないことです。私にできるのは、気づかせてあげるだけ。そのかわり、チャンスをあげる。確率の高い……」

ぼんやりと明りに浮かぶ白い顔をうつむけて、バロイは前髪を押さえた。

「えらそうですね。尊大なのは嫌なんだ」

いかにもくやしそうだった。

「青い。口のきき方からして被害者ぶっている。正しくは威厳、と言ってくださいね」

「やられました。あなたはまっすぐですよ。でもそのかわり、寄り道をしていない。まっすぐに息苦しく生きていれば、必ず不幸になります」

「それは私のことなの?」

前のめりになり、笑うユーイ。

「そう。言っている意味がわかりますか。オレの卒業がかかっている。これからあなたを違う世界につれてゆく……」

ユーイはまだ笑い続けている。

「寄り道をねえ……私にそんな暇は、ありはしません」

瞳は真剣そのもので、夜闇を切り裂く光を帯びていた。

「そんなことにかまける時間はないの」

軽くうなずいて、バロイは温かな視線をユーイに投げかけた。

「べつにすることがなくても、同じ道を選ぶのでしょう、あなたは」

「さあ？　そうとってもいいですが」

「やっぱり、あなたは種類の同じ人だ。退屈な講義をするオレのお師匠さまと同じです」

ユーイは『そうきたか』とまなじりをつり上げた。

「大きな口をお持ちですね。あなたがこれまでになにを成し、また、これからなにを成そうというのですか」

棘のように刺す。

喧嘩腰くらいでちょうどいいと彼女が気がついたのは、今さっきだった。

「なにごとも、ライナ神のおぼし召しのままに。オレは試験のことで頭がいっぱいです」

「一度でいいから、額に汗して働いてみなさい」

「じゃあ、オレを手伝いに使ってほしいな」

「いいですよ。雑用なら、いくらだってありますから」

「ヤッ！　……タ！」

彼は両拳を握りしめ、天へと高くかかげた。

しばらくしてからユーイは眉尻を下げ、静かに後悔した。

バロイの子供っぽいしぐさが、妙に現実的にユーイのまぶたに映る。

あまりにもたわいのないやりとりに、彼女はあてがはずれたような感覚を覚えた。

彼がエンタークに持ちこむ問題は、こんなささやかなものなのか。

個人的な規模ではなく、もっと大きな規模の思惑が潜んでいる気がしてならない。

ともかくも、バロイは老医師の隣へと、寝床を確保した。

と、夜中に木戸が鳴った。

そこには月光を受けて、けぶる紗織のような、頭髪の持ち主が静かにたたずんでいた。

ユーイは眠い目をこすり、起き出した。

「ユーイ……オイラだよ」

「……トゥー？」

ランプを灯して、戸を開けると、トゥーの青ざめた顔がそこにあった。

「入れて。まだあの男、いるだろう？」

「こんな夜中にどうしたの」

いくら聞いても、彼はどうかしたかのように同じことを言い続けた。

「……彼に、会わせて。話したいんだ」

「え……ええ」

今度はトゥーが、乗りこんできた。

「トゥー、彼に会ってどうするの」

「いい？　オイラ、聞きたいんだよ」

衣擦れがして、明りの落ちた床面に人の足音が近づいた。

「じじいは寝ている。それとも、オレになにか用なのか」

バロイの声は、不機嫌そうだった。

「お、おまえ、なにか、見たか」

「ああ？　なにをだ」

「あの、が、崖の下でだ」

「ああ……見た」

トゥーが唇を噛むのが、ユーイにも見て取れた。

「そのせいだ。い、言いがかりをつけられたんだ。オイラのせいじゃないのに。ないというのに」

「なに、こいつ？　馬鹿か」

トゥーは本気でつかみかかろうとする。

彼が秘密を持っているとは、だれも知らないのだ。

「トゥー？　しっかりしろよ」

「き……気やすくオイラの名前を、呼ぶな！」

「じゃあ、いい。オレがなにを見たか、ほかの者に言ってやってもいいと思っていたが」

ごくん、とトゥーがのどを鳴らすのを二人は聞いた。

「な、なにを見たか、だと？」

「死体かなんかだとでも思ってるのか？　魔物だ。きれいな悪魔。紅毛のそいつがささやいて、『なんで落っこちた？』と聞いた」

トゥーは大きな吐息をついた。

「ごめん、こんな馬鹿な時刻にたずねたりして。……ごめん。たたき起こしてでも、すぐに確かめずにはいられなかった」

バロイは鼻を鳴らして、首を振った。

「どおりでな」

「え」

「ひやかしにきたのかと思った。でも、つまりはおまえの都合に、こっちは振りまわされた、と、こういうわけだ」

「ひやかし……？」

「違ったのか。崖から落ち、意識不明で運ばれて、それからゾンビみたいに息を吹き返して……心当たりが山ほどあるがな」

「もう……いいよ。これでわかった」

「いい？　もう、いいだと？　ちょっと、なにか言い忘れてないか、くそったれ。謝れ」

「だから、さっきわびたじゃないか」

「わびたつもりか？　あれで？」

「どうすればいいんだよう」

バロイはからんでつかみかかっていった。

トゥーは逃れられなかった。

足音が響いた。

「どうやってでも、とにかくわびろと言ってるんだ」

「口で言って駄目なら、どうやって？」

たまらず、ユーイが割って入った。

たたきつけるように、バロイは言った。

「トゥーだって一生懸命なのよ。さっきだって、謝っていたわよ」

「おかしいいな。おまえにはさっぱり誠意ってものが見えない」

「あ、頭を下げるよ……ごめんなさいっ。もう、寝てくださいっ」

つかんだ襟首を突き放すと、バロイはもう一度、鼻を鳴らした。

「もちろんだ」

「やっぱり、眠たくて不機嫌なのね……」

バロイが戻りかけたところへ、ユーイがつぶやいた。

「眠たいと不機嫌になる……おじいちゃんと同じさ」

余計な一言をトゥーが加えた。

それがいけなかった。

きびすを返したバロイはトゥーを間近ににらみすえた。

「……捨てぜりふか。何様だ？　おまえのおじいちゃんは言わなかったのか。夜更けに人をたずねるなと」

あわてて、トゥーは首と手を同時に振る。

「し、しかたがなかったんだ！」

「ふん。いきがって。さっさと母親の住む家に帰れ」

ぽつり、とトゥーの目から、滴のようなものが落ちた。

「帰ってどうしろっていうのさ。帰る家なんて、どこにもないよっ」

当惑したように、バロイが頭をかいた。

「なんだよ、おまえ、どこの子なんだよ？」

彼にはまったく事情が飲みこめていない。

ユーイがトゥーの肩を抱く。

「かわいそうよ、もういいわ。トゥー、自警団へ戻っておやすみなさいよ」

うなずくトゥーから目をそらして、バロイが独りごちた。

「かわいそう……か。オレもかわいそうに。こんなことになるんなら、起きるんじゃなかったぜ」

あせったように、トゥーが繰り返す。

「だから謝る……」

吐き捨てるように、バロイが口をはさむ。

「謝ればすむのか？」

「やっぱり、必要みたいね」

「なにがだ、ユーイ」

「君も安眠草でゆっくり眠りたいのね。強烈なにおいでもかがないと、寝つけない体質なんでしょう。でも言っとくけど、毒にもなるのよ」

衣擦れがして、空気がバロイの気配を運んでいった。

「口を開けて寝ていたら、安眠草をつっこんでやるから、見てらっしゃい」

ユーイがなぐさめるようにトゥーの肩を押した。

外の空気が迷い蛾を引きいれた。

トゥーの姿が見えなくなると、ユーイは細い手でランプの光を絞って消した。


目覚めてからだった。

「おい、まさか、あのじじい、食わせてもらってるのか」

「え？　それは、起きられないときには……」

「おえっ。そんな体になったら、オレなら生きていたくねえな」

「逆に、生きていたい人もいますけど」

「ふん。絶対、オレはいやだ」

「それなら、お師匠さんがそうなったら？」

「え……っと。そいつは、どうかな」

「ね？　そういうものなんですよ」

ちらっと見てバロイはため息をついた。

「そんなこったろうけど。あなたがそうなったら、とてもじゃないがまともに見ていられる自信はない。殺してオレも死ぬか、それとも」

「それとも？」

「さあ……」

固まってしまったバロイのわきを、すいっと通りすぎてユーイは食事を運ぶ。

「さ、先生。お食事です」

隣の部屋から話が聞こえてくる。

バロイは立ち尽くしたまま、黙って順番を待っていた。

ユーイが、自分のことを考えてくれるまで。

「お待たせしました」

「ありがとう、オレの師よ。今日もまたあなたに学びました」

「当然のことです」

スープとパンを食べていると、窓から人がのぞいていた。

「あ、スイ。なんだ、入りなさいよ」

その子は赤い顔をしている。

気に食わないとばかり、バロイはとっさに顔を背けた。

食事の用意ができたとき、三人分をならべていたユーイの心づもりが今わかった。

スイは、人の厄介になるのが常の、母親に育てられた子供だ。

言葉遣いも変わっていた。

「オレ、今みなしごなんよ。だぁら、飯くわしてもらってるの。おっちゃん、だれ?」

ひどい言いがかりに、バロイが興奮した。

「おっちゃん? だれがおっちゃんだ!」

「おっちゃん」

スイが指さす先には少年バロイがいた。

その指先をはたくバロイは完全に怒っている。

「だれが!」

「おっちゃんじゃろー?」

「ふざけるなっ」

もういっぺん、その指先をはたく。

「ふざけてないもん」

赤い顔のほこりっぽい少年は、席についてはたかれた指をふりながら笑っていた。

「まあまあ、食事の最中だし」

最中だからこそ、我慢の限度がある、と言いたげなバロイ。

「こういう厄介者は、さっさと追い出せ」

「なんでですか」

「物乞いだろうが！」

「物乞いなんて、いませんよ。困っている人がいたら、丁寧に遇するのが私たちの決まりなんですから」

「私たち？　じゃあ、このへんでは困ってる者が物乞いをしなくていいように、食べ物を与えるのか」

はっとしたバロイは、考えごとをするように額に手を当てた。

「意味が違いますよ。物乞いはいないんです。決まりで、一緒に食べるんです」

「理解できない……」

「ねえ、おっちゃん。冷めるよ、すーぷ」

きっとにらんでバロイは、散々な目にあった、野良猫のように毛を逆立てる。

「あどけない顔してまあ……一番恥ずかしい職業なんだぞ、おまえ」

スイは反対に気落ちした。

「職業？　みなしごが？」

「おまえな、みなしごっていうのはなあ、施設に入れられるんだ。オレの祖国ではな」

スイは大袈裟に聞く。

「施設ってなーに」

「なーに、って……そんなことも知らないのか。子供には関係ないと思うが、そういう子が国を背負うのかと思うと、黙っておれん」

きょとん、とした顔つきでスイはバロイを見上げていた。

「オレが最初に見たのはクーリンの施設だ。妙に古びた建物だが改築されていた。半端なつくりで、風が中にまで吹きこむんだ……」

それから後はひとしきりバロイの話が続いた。

「それから、ゼロ歳はこの施設……三歳ぐらいからはこのクラスの施設に入れて……」

ふむふむ、とユーイがパンですくいながらスープを食べる。

「なるほど。トゥバロスでは組織だって身よりのない子を保護するのですか」

だってぇ、と語尾をのばしてグチるスイ。

「関係ないよ。オレはこの街に住んでるんだもん。知らなくても当然じゃないか」

スイは早々にスープのおかわりを食べ終わり、さっさと席を立った。

「むずかしい話なら、ものすごい先生に聞くよ。違う話が聞けるから。おもしろいんだよ」

ぴくっと、バロイが食卓に置いた指を動かす。

無意識の動きだった。

「どっちも、むずかしいことを言うけど、文句なくあっちのがおもしろいよ」

「スイ、それはだれに言ってもいいですけど、彼には教えないでね……」

遅すぎたユーイの言葉に、バロイが肩を落とした。

「バカ」

スイは言うが早いか、駆け去ってしまった。

「スイ！　すみません、まさかあの子があんな失礼を言うなんて」

「いや、やっぱりすべてはわがままな生活をしているせいだろう。みなしごのくせに」

「……そんな言い方、いやです。私はスイはスイだと思っています。そんな呼び方はやめてください」

「あなたがそう言うのなら、やめます」

安心したように、ユーイはバロイを見た。

「師はあなただけじゃない、か」

席を立ったバロイに、ユーイが片づけながら尋ねた。

「また求めて行くのですか」

「ええ、そうです。あなたが一つの答えに甘んじるなと言ったから」

「そうですか。私のために……」

バロイは気持ちあわてた様子で、

「そんなむずかしそうな顔をしないで。あなたのせいではない。あなたの希望に従うっていうだけで」

「じゃあ、あなたの意思は？」

とたんに肩をすくめたユーイのしぐさを、バロイは大袈裟にとったらしく、陽気に言った。

「なんちゃって、調子にのったのかもしれない。あなたに会えて、少しオレ、浮かれてるし」

「なんだ……冗談だったのですか」

「いや、それはない」

きっぱり言うバロイに、ユーイは気まずい思いがした。

「やっぱり……」

「いや、そいつも違う。あなたの言葉で、なにがあるかちょっと知りたくなっただけだし。きっかけは、あなただというだけで」

ユーイは愁眉《しゅうび》を開いた。

「なんだ」

「たのむから、心配ばっかりしないでくれないか」

ユーイが反駁する。

「私があなたを心配ですって？　そんなバカな。ほとんどなにも話していないのに」

「話したじゃないか」

「いえ、まだ生け贄の話は」

「あ、そうか。まだ勘違いを」

「勘違いですって？」

「勘違いです」

「なぜ先生と話していたのと違う話を？」

「あの人は実際、頭が固い」

「いつになく饒舌だったけれど、あの人が話すときは本音です」

「だからあの人だって、勘違いを……」

「だから、勘違いってなに」

ぴんときた顔で、ユーイが言葉を継いだ。

「私はどちらかというと、猜疑心がないほうです。そういえば、あなたはどんな不審な行動を自分でとっているか、わかっていないのですか」

「じゃあ、もとから信じてない？」

「そう。信じてはいなかった。師がどうのと言わなかったら、信じたかもしれないけど。私の目は曇ってなんかいません」

真剣な瞳に彼女の思いを感じて、少年はあまりにも軽率な自分の行動を恥じた。

気まずそうに口を開く。

「じゃあ、昨日は……そうですか。見破られていることも知らずに口説いてたわけか。そう言われてみれば、確かに変だった」

真剣な表情で、なにものにも負けない目をしていた。

「私はどうすれば、この街を助けられますか。助けが必要なの。危険なのよ」

「そうだったのか……じゃあ、教えます。オレの師は……」

するどくとがめるユーイ。

「また改まったこと。待っていましたと言うべきかしら」

「確かに。私の青春はトゥバロスとともにあった。こう見えても、歳はあなたと同じくらいだけど、わかってましたか」

「でしょうけど、でも同じくらいとは……」

「思わなかった？　それじゃあ、あと一息だったな。歳下に見られていれば、ちょっとは動きやすいと考えていたんだが」

若者はかしげた首をこきりと鳴らす。

「トゥバロスではなにを計画しているのか、教えてくれますか、バロイ」

無情にも若者は切り捨てた。

「正確には私もわかりません。助けようとしても、まだ……。だからいつも先生と一緒にいるのです。なにかわからないかと」

「そうだったのですか」

「でも、これからは少しあなたを見習って、ものごとを知ろうとしますか。だから、手伝ってください。挙動不審なのはあなたも同じだ」

「確かに」

危惧するように、バロイが言いさした。

「でも、無理に手伝ってもらおうなどと……」

「もちろんです。あなたを助ける理由がない」

「そうか。手は貸せないか」

「そう思っていたけど、考え直しました。私もあなたの実力をみくびっていた。そして、恋をしてしまうとは」

瞬間、弾かれたように少年は身を起こした。

「私に恋を？　あなたが、そんな」

「もちろん、今まで黙っていましたけど。あたりまえじゃないですか。男性とあんなにしゃべったのは初めてだったんです」

いくつになったんだ、とつっこまれそうである。

「え？　それじゃあ、私と同じです」

「恋をするのは初めて……」

「私もです」

身をぴったりと寄せて話しかけるバロイに、ユーイは胸を高鳴らせた。

「でも初恋は実らないと言いますよね」

「私もそうやって考えこむのが常です。私の恋は成就するのか、そればかり考えてしまって、実際には駄目なんだ」

「じゃあ、私と同じ。ああ……好きです」

高鳴る鼓動を聞きながら、二人は身を寄せ合った。

「不安だ。私のこと、本気で？」

「ええ。確かにまだ会って半日もたたないのだから、本当かと疑われてもしようがないけど。本気よ」

「私もです」

身をこがすように、バロイは正面からユーイを見つめた。

「お願いです、離さないで」

引き寄せられて、幸せに涙ぐむユーイ。

「離すものか」

二人は抱き合った。

そしてバロイは銀の眼鏡を外し、彼女を見つめた。

第二章　ルウ・リー

「水、やってない」

「え？　どうしたのか、わかんないよ」

「ルウ・リーの花に、水をやってない」

急に立ち止まって、ユーイは部屋に引き戻していった。

帰ってきたときは、もう薄暗かった。

「枯れちゃってた……」

「うそ」

「ほんと」

「マジで？」

うなずくユーイの顔にうそはない。

「うん……でもそう、あさってにはまた咲くわ」

感心したようにバロイが、

「強いな……生命力が」

「ううん、とにかく花が次々と咲き乱れるの」

しばらくそうして黙っていた二人は、どちらからともなく手を触れ合わせた。

「ルウ・リー……どこかで聞いたような」

「ルウ大陸の花よ」

二人は散歩でも楽しむかのように、ゆっくりと河原を行く。

昨日、彼女が必死で駆けぬけた場所。

「リー、は？」

「私の故郷かも」

ぽつん、とユーイは言った。

「えっ、でも名前はない村だって……」

「うん。だから私の予想。と、いうより臆測ね。昔はあったのよ、名前がきっと」

「それじゃ、いつなくなったの」

「抹消されたのかも。だれかさんのせいで」

「う……いや、全然違うよ。ルウ・リーは花の名前だろう、全然違う」

ふと、目線を合わせたユーイがこっちを向いた。

「ようするに、そういうこと」

「え？」

「全然違うなら、口ごもったりしない」

我慢できずにバロイは顔を背けた。

二人はどうやっても心が一つになることはない。

「全部お見通しか」

ユーイが先に立って、ため息のように継いだ。

「たぶん、もう終わりね」

「たぶん？　なにが終わるの」

先ほど美しくあえいだのどで、彼女は告げる。

「恋が」

「……なぜだよ！」

ユーイは真剣な目で彼を見た。

「全部話すといいわよ、長老のところで。そうしたら変わるかもしれない」

「ちょっと待て……かけひき上手だな」

「たぶん、とりかえしはつかないと思うけど」

たぶん、という言葉の意味を考えた。

「たぶん、なんだろ？　望みはある……」

それにはユーイが答えた。

「たぶん、というのは……想像力におまかせっていうことよ」

「しらばっくれたな」

「ふっ、ふふ……」

つかのまの、楽しみだった。

二人がそうして平和に過ごせたのも、このひとときだけだったのだ。

ユーイとバロイは長老の館にたどり着いた。

ところが、想像には難くないことだが、長老には会えなかった。

「どこへゆかれたのかしら、長老」

「べつに会えなくても、私は困らないが」

「まじめに言ってるの。まぜっかえさないで」

「暗いぞ、明りはないのか」

「見えない、あった」

「どれ？」

ユーイは探っていた手を出す。

「たぶん、これ……」

ランプだった。

「やっぱり、来たね」

裏手から近づいてきたのは……。

「あ……エ、エリン」

「ほら」

差し出された手には、清書された一文の記された羊皮紙が握られていた。

「な……〝この者、右の例にならい、処罰を申し渡す〟……これは？」

「置いていったんだ、長老が」

「勝手に持ち出しちゃ、駄目じゃない」

「お姉さんの役に立つと思って」

「えっ？」

「処罰、して……そいつを」

エリンの目はけげんそうだった。

なぜ、とユーイの気持ちを刺した。

どうして、処罰しないのか、と。

「だ、だから……まず話を、ねっ」

「こんなことだろうと思った。お姉さんに近づくな！　気持ちを乱さないでほしいな、お姉さんの」

ユーイはさがった。

さがって、バロイに一歩近づく。

ユーイはバロイの肩を持つことで、完全にエンタークと敵対した。

そのときだった。

「エンタークは魔物の棲処《すみか》だ」

「長老！」

振り返ると、乱れた髪の老人がいた。

白い髪。神々しく汚れのない色。

でもその目は、神の怒りに触れた者の目だ。

「で、でも、どうしてこんな時間に、出歩いていたんですか？」

長老は浅く胸で息をして、あえいだ。

「私の責任ではない……天罰だよ。悪い子だった。こんなに私を困らせて……勝手に逝きおった……」

「じゃあ、なんで……」

「いかん。こんな話をしてはいかん。内密なのだよ」

長老は来た道を顧みた。

「大丈夫だ。まだ、明日まで……」

「え？」

「息子が……うっ、ごほっ、ごほごほ。とにかく二階へ上がる。わが妻に言わねば」

「え、私たちの話はどうなるのですか」

「一族の者が死んだのに、悠長に話をしている場合ではない」

「じゃあ……」

白髪の老人は汚れを知らない髪を振り乱して泣いた。

「私の息子……おぉっ……神ばかりではない、すべてのものが私に天罰を……」

「なにをそんな、ねえ、おじいさま……僕に話してよ」

エリンが自分まで泣きそうになりながら、老人の肩を抱いた。

「エリン……私は後悔している。妻を独り占めにして息子を放り出した。あれは罪だったのだ……」

老人は、きつくエリンを抱いた。

エリンは、苦しそうに老人の顔を振り仰いだ。

「ねえ、どうして後悔しているの、どうして……」

老人は涙を流しながら、身をエリンから離して、階段を昇っていった。

「頼むから一人にしてくれ……」

振り返って、それだけ言った。

「え、おじいさま……」

老人は目に怒りをたたえながら部屋へ入っていった。

「自分を責めてる。でも、全然わからないよ。なんで？」

客間に陣どりながら、三人は黙りこくっていた。

やがてユーイが聞いた。

「なんで。この館はなにがどうなっているの」

首を引っこめて、うなずきながら言ったのはエリンだ。

「おじいさまは女が嫌いなんだ。それが、今の奥さまは子供が苦手で……甘ったれているって。でも、放り出されたのはおじいさまなのに」

「なんだって？　よくわかるように説明してくれ」

バロイが言った。

「だから、おじいさまは今の奥さま以外の女性は、お嫌いなの」

「で？」

「で、その奥さまは子供が……」

「嫌いだから？」

「その息子っていうのがね、甘ったれで……」

「ふん、で？　だからそれで？」

「それで……やっぱ、わかんない」

「ああっ、いい、もういい。かえってわからないわ。いいから、余計なことを言わないで」

しばらくして、考えがまとまったのか、エリンが口を開いた。

「うん……やっぱり……子供は大切だったんだよ。そしたら、わかるだろ？」

重々しく言うので、他の二人はわかったふりをした。

「うん、なんか、ちょっとだけ」

「うん、私もだ」

「今まで無下にあつかってきた息子が死んじゃったから、後悔、したんだ」

「死んだ？」

エリンが目をしばたく。

「だって、逝った、て……」

ユーイは反論を試みた。

「でも、子供とは限らないし」

「奥さまは寝ているよ。もう起きられないいんだ」

「だから、子供とはだれのこと?」

一回、せきをしてエリンは言った。

「いいかい、この家には三人しか長老の親族はいない。僕と、長老の息子と、奥さまと」

「へえ、全然知らなかった。エリンは長老の孫?」

エリンの幼いあごがうなずく。

「うん、エンタークに来たのは初めてだけどね」

「おかしいわ。だって息子はエンにいるんだし、そうしたらなんで孫がイルにいるの」

「適当に産ませた子がイルにいるんだよ」

「ひょっとして、隠し子……」

「だよ」

「そうか、だから街に滞在ができたの」

すべてが腑に落ちた、といった様子で言うユーイ。

エリンは少しだけいやそうに、

「だからって迷惑はかけないよ」

「迷惑ねえ……」

「やっぱり？」

泣きそうな顔で自分を見上げる子を無下にできないユーイ。

「……迷惑って、べつにそれほどでも」

言葉をにごす。

「ねえ、どうして宿は僕を泊めてくれないの。どうして、ねえ、お姉さんっ」

「さ、さあ……なぜかしらね」

動揺を隠せないユーイにかわり、エリンが打って変わった調子ではしゃいだ。

「でも、おじいさまがいるから心配ないって。心配しなくていいんだよ、お姉さん」

「そ、そう……」

バロイが額を押さえ、うめきをもらした。

「救いようのない……」

「どうしよう……」

ユーイはそれで、いくつのうそをついてしまったのだろう、この子供に。

「それは置いといて、話をもとに戻すよ？」

二人に動揺が走った。

「え、ちょっと待って」

「なにをなんだって？」

「しっかりしてよ……お姉さん。立場が逆だよ。エリンはもう大人。だから、もっと大人のお姉さんがしっかりしないと」

「え、でも……なんだったかしら」

痛みを感じたようにこめかみを押さえているユーイをバロイがいたわり、声をかけた。

「どうかしたのか……」

「ちょっと、刺激が、あって……」

「衝撃が強すぎたのか。坊や、ちょっと待ってくれよ、今思い出す」

エリンが口をとがらせて、早口でまくしたてた。

「だからぁ……今はおじいさまの妹が、なんだっけ、いや、妹じゃなくて、でも近いような……」

バロイがため息をついた。

「息子だ、息子」

思い出したように、ユーイが声を上げた。

「あっ……」

ユーイは手を打った。

「ね、で……これから二人はどうなんのかな」

「えっ、えぇっ」

急いでユーイ、バロイにしがみつく。

「おじいさまと奥さまだよ」

ユーイは胸をなでおろした。

「今から相談しよう、エリン。まあいい……」

ところが、エリンは別のことを言い出す。

「へえ、そこまで仲良かったんだ」

じーっと彼は二人の様子を見ていた。

「うっ、いや……これは、つまり、そのっ」

おたおたする上にあがってしまった彼女には、都合のいいぬけ道など発見できなかった。

「と、とにかくっ、階段上の長老に話があるのよっ、だよね、えーとっ、とにかく話をそらさないと。

え、えーっとっ」

「そしてどうすんだよ。落ち着けユーイ」

どかどかと階段を踏んで、でもどうしたらいいのかわからなくて、順番に言った。

「どうすりゃいい？」

「どうって……」

これはユーイも全然対処できない。

エリンが口をはさんだ。

「だからぁ、おじいさまは息子を亡くして、今は会えないってことで、お引きとりください」

子供とは思えない、しっかりした口調でエリンは言った。

「もう少し、時間をくれない？」

「いいから、お引きとりください、でもお姉さんだけならいいよ」

二人の間に立ちはだかるエリン。

「駄目よ、だってこの人の話をするんだから」

「だって、おじいさまが……。ふん……全然、似合ってないよ」

最後に小声でつぶやくエリン。

聞きとがめたバロイ、反撃に入る。

「おいっ、ごちゃごちゃ言う気なら……おまえにはメスブタがお似合いさ」

「エリン……どいて」

目を丸くしてエリンがどなった。

「だから、それとこれとは別なんだよ、おじいさま、が……」

そのとき、後方でドアが開いた。

その中から、白髪の背の高い老人が現れる。

「あっ……」

長老だった。

「なにをやっている」

「おじいさま」

駆け寄るエリン。

「もういい。話を、エリン」

なだめるように言って、老人は迷惑そうにぱちぱちとまばたきをした。

バロイがはっきりと断言した。

「ほらみろ、じゃまはおまえだ」

「ね、エリン……いい子だから、ね」

ユーイも言う。どこへも行き場のないエリン、

「僕、お金持ってるのに、入店拒否されるんだよっ、どうしてさ。なにがいけないの？」

「どれ」

三人はエリンの手元をのぞきこんだ。

たいへん高額な金の大きな円盤型のコインが、その手に握られていた。

「うん、こりゃ……釣り銭を払えんぞ」

「なんで」

「高い金はな……」

口ごもる老人は白いひげをしごいている。

「えぇ？　どうしてなのー」

わけがわからないといった表情のエリン。

「だから、お釣りがね、ないから……」

しかたなくユーイが説明した。

「おまえの国とエンタークとじゃ貨幣価値が違っているんだ。それとも世間知らずなだけか？　オレは

ちゃんと計算してきたぞ」

いつのまにか会話に加わった少年を、老人が見た。

「そうか、バロイとはおまえか」

「は……、そうです」

老人はきっぱりと言った。

「では、席をはずせ」

「なぜ」

「もちろん、話をするからだ」

「なんで……ですか？」

エリンが勝ち誇って言う。

「じゃまだからだよっ。べぇー」

バロイは、舌を出すエリンの襟首をひっつかみ、にらんだ。

「このっ……」

「エリン！」

老人とユーイが一度に声を荒げた。

「みんなしてなんだいっ。いつもいつもっ」

少しかわいそうになって、ユーイが言葉を和らげた。

「もう、いくら私たちが恋人どうしだからって、ねえ？」

そしてバロイを見た。

バロイはうなずいて階段を下りた。

「うん、じゃあオレは、向こう、行ってる」

ユーイの言うことはきくらしい。

「それでいいんだよっ。ふんっ……お姉さぁん、なんで、またなんでアレなの、ねえ僕とどう違うの？ねえ、ねえったらねえっ」

すがるように見つめるエリン。

ユーイは、そういうとこよ、と言いたいのを我慢した。

「いいから、もうお願いよ、黙って……」

「うん、でも……」

せき払いをして、彼女は話を終わらせた。

しょんぼりと、うつむくエリン。

その後ろで、どことなくそわそわした老人の顔がゆがんだ。

「ところで、話はどこでしますか」

「居間でしょう」


ユーイは単刀直入に尋ねた。

「そういえば、お亡くなりになったのは、だれです」

「私の息子……カジュアルだ。悪いやつだ。親不孝者だ」

「そうでしたか」

「だから言ったじゃない」

「だから、あなたは黙ってて」

「ぶぅー」

「トゥバロスが友達になると思ったら、まちがいだ」

「そうだよ、お姉さん！」

「エリン……、あなたって人は」

「まあまあ、全然わかっていないようだから話すが、目をむく話だぞ」

「心の準備はできています」

「ふむ。あれは私が十代のときだった……」


風がやわらかに吹き、花が薫る。そんなルウ大陸からの季節の便りも、まだおとずれたばかりのとき、その戦争は始まったのだ。

莫大な砂金をめぐってのいさかいから起こった二つの国の戦いだ。

トゥ国とエン国の因縁は、今に始まったことではない。

トゥとルウ大陸の草原の民とがいさかいをしている間に、エンは滅びる。

エンの国は戦争に荷担しようとしなかったが、トゥバロスによって参戦させられた。

正確に言えば、トゥの国の首都バロスから、協力要請との名目で圧力がかかったのだ。

エンにとってトゥはなにものにもかえがたい貿易国だったので、逆らえなかった。

『よう、バロスか？』

『おまえもそうか』

『ああ』

二人の青年が――青年と言ってもまだ発育盛りの未青年たちが笑い合っていた。

これから始まる遠征の旅に、出立するところだった。

遠征は厳しく、過酷だった。

旅の宿がとれず、とりあえず飯を食わせろと言っただけで、暇を出された者もいた。

ひと冬を越し、二回目の冬を越したところで、変な噂が立つことになるのだが……今は一応の順を追うことにする。

「私たちは、いつの間にか、自然となんでも話す仲になった。一カ月がたったときのことだ……」

『エンが滅びの憂き目にあったよ』

『信じられない』

『生け贄を差し出せと言われたそうだ』

『なんで我慢できるんだろうな、エンは』

『昔からの因縁だ。だが、これはっかりは……』

『悪魔の目をぬく所業さね』

コレバッカリハ――繰り返される男たちの噂話。

『エンの国は滅びない！　いい加減を言うな』

『なんとかしたいと思っていたやつは、こうやって……目をぬかれたそうだ。悪魔の所業じゃないか』

コウヤッテ、と目をぬく動作をした男に誇張はなかった。

それを知ったのは、遠征から帰って暇つぶしにトゥの国を訪問したときだった。

「そのとき、運よくタークの村は存続していた。そのときだけは、感謝したよ。トゥバロスは味方だったはずさ」

老人の話は続く。

「しかし、トゥバロスはだんだんと壊れてしまったのだ。民衆を扇動し、生け贄を殺すのが最高の娯楽であるようだった」

そして最初に滅びたエンの国クールは、二度とひのめを見ない国になったのだ。

「エンタークは三番目だった」

お告げと言って連れていかれた人々は、精神が崩壊するまで痛めつけられていた。

「なんてことをするの！」

「なんのために……そう思った。だが、私も連れていかれたのだよ。エンタークから、次の生け贄としてね」

「それからどうなったの。おじいさまはどうやって助かったの」

「うむ。おまえの母親がな、引き止めてくれたのだ。娘だよ。もちろん、まだ幼かった。抱きしめた私は、唐突に、今がチャンスだ、と思った」

そう……エンタークまでずっと、距離は遠いけれどイルの国は花盛りだ。

花売りの少女が近づくのを、だれも……そう、だれも止めなかったのだ。

そして幼い子供がささやいた言葉が、まだあどけない表情の青年をつき動かすとは。

「神はいたのだ。天国に行けると思った……。この子は、よく私を父親と呼んでくれた。だが正直、本当の娘とは思いもよらなかった」

その少女は結んだ掌に、赤子のときから握りしめていたという、赤石を持っていた。

『異国にお父さんがいるという印を持って生まれたの。この石が、お父さんを助けなさいって、言ったのよ』

『君の母親は』

『イルリィの首長の娘』

あ、と叫んだ青年は……もう立派な青年だったにもかかわらず、だらしなく大声で泣いた。

泣きながら、首長の娘が陽気に誘ったのを思い出していた。

「あの娘が、子供を産んだ……。そして私のもとに娘をつかわしたのは、赤石だったのだ」

「その石、持ってるよ。おじいさまに会うために、僕、持ってきたんだもん」

エリンが取り出した石は、赤いというよりは血の固まりのような岩だった。

大人の掌より少し小さい。

子供の手には、そうとう大きい岩だ。

「話の続きをしよう。イルリィの話をしたいと思うが、どうかな」

「うん、して」

「ええ、はい」

「うむ……。実はそのときには、すでに噂が本当であることを知っていたのだ。私は、なんとかしてそれを止めようとして、なにをまちがったのか」

息を継いだ。

「それが恋につながってしまったのだよ。陽気な娘だったよ。単純な私は忘れるところだった。重大な使命を……よくある話だ」

「よくある話じゃないみたいだね」

「そう、実は私もそのまま住みつくつもりだった、イルリィにな。しかし、時を同じくして、二人目の生け贄が選ばれた、と聞いた」

ぞっとした顔で、つけ加える。

「それも、たて続けにエン国からだ」

「なぜ?」

「私にもわからん。お告げなどという占者が、どうやって生け贄を選ぶのか……。ただ、そうしているうちにも時間はたつものだ」

『バカやろうっ、エンは同盟国だろうが。なんで殺す!』

生け贄となるエンの子供を連れた兵につかみかかって言った。

「返事はこうだったよ。『エンは、もはや同盟国ではない！』とな」

「同盟国がどういうわけで、仲間割れをしたのかしら」

「それはバロイが知っているだろう」

目を見開いて、ユーイが大きく息を呑む。

「その子供のかわりに私が連れていかれ、そこで私は彼女《むすめ》に救われた」

「そうだったんだ。お母さんは根っからのお姫さまだけど、そんな武勇伝があったんだ。へえ、すごいすごいっ」

エリンがいかにも懐かしそうな顔をした。

「ここだけの話、私自身、本当の娘とは思わなかった。今でも疑ってるくらいだ。しかし自分も昔、生きた証を求めていたころがあった」

しかし、こんなに素晴らしい証ができるとは、と老人は本音をちらりともらした。

それはやわらかい、実に慈愛に満ちた顔だった。

「ちょっと待ってください、長老。では、それから先、話の続きはどうなるのですか」

「え？　だから、おじいさまは助かったんでしょ？」

間合いをつめてエリンが結論をせっついた。

「そう、そしてエンは実質、クールの首都を失い、滅びた……」

重々しげに言って、長老は苦しそうにうなる。

「それからっ？」

「なぜ首都が滅びたか、その先を聞くか？」

ついに、二人は身を乗り出した。

「うんっ」

「ええ……」

「うむ。エンはもとから貧富の差が激しい。それは村であろうと首都であろうともだ。クールの首長が生け贄にされたので、経済が立ちゆかなくてな」

「へえ、最初の生け贄はクールの首長……」

怖々とエリンが身をふるわせた。

「じゃあ、立て直しはきかなかったんですか」

「それがな、なんというか……もうエンは壊れ果てておった。逆らった者は全員、抹殺されてしまったのだ」

「そんな……」

「覚えてる！　僕のお母さんが言ってたよ。トゥはエンがじゃまだったんだって。配下に置きながらも、なおかつ嫌ってたって」

「うむ、それで赤ん坊の手をひねるように始末したのだ。ルウ国はなぜか、風当たりの強いエンをかばって立ち往生した……」

「待ってください。ルウが私の……。いえ、ルウが滅びたのは、トゥとの戦いのときだったのでは」

「いや違う。ルウはそんなにたやすくは滅びなかった。停戦協定を結んでな。……しかしおまえは草木色の髪をしているが」

　ユーイはあわてて前髪を、ふるえる手でつかんだ。

　重い空気が彼女を圧した。

「はい……でも確証は……。違うかもしれないし、でもどちらかというと……」

「そう。ルウの子、かな。全部見ていたのだよ、おまえはな」

　耳をすませば、かすかに自分の息づかいが聞こえてきた。

　潮騒の音も。

　ユーイの耳をふさぐこれらの音は、血潮の流れる音だ。

「確かに。今まで知らずにいたので、悪い人にさらわれたのかとも思っていたのですが」

　空気ががんがんと彼女のまわりでうなった。

　そう聞こえるのだ。

　彼女のまわりだけ、いや、彼女の心にはそう聞こえてしまう。

「人さらいか。うん、もっともだ」

　エリンは捨て子ってなあに、といつか聞いた。

　ユーイは、いらなくなって置いていかれた子だ、と答え、寂しげに目を細めた。

　でも、さらわれたのだったら、どんなに良かったか。

　境遇は変わらずとも、その意味は違う。

　親に捨てられたのと、身を引きはがされるように連れさられたのとでは。

「全部、にせものの歴史なのですか。全部、子供たちが勉強してきたものは。トゥとルウの戦いにまきこまれてエンが滅びたというのは」

「ああ、実はな」

「じゃあ、トゥだって必ずしも、本当の歴史を知っているわけでは……。でもっ」

「信じよう。かれらが語る歴史が、私の知るものと同じであるかどうか、賭けだよ」

「そっか……。全然違う世界の人が、この世にはいるんだ。お姉さんみたいに滅びた民族の末裔だったりすると、大変な思いをするんだ」

エリンがつぶやいた。

ユーイはあまり考えこまずに言った。

「自分のことで精一杯なだけ。今思うと、精一杯やったのって自分のことだけよ」

「それはいつも自分のことを見つめているということだろう。若いのにな」

「はっはっは……。あのぅ、褒め言葉ととっていいんでしょうか」

「うんうん、褒め言葉だよ。立派なものだ、若いのにって、お父さんもよく僕に言うもの」

「えっ、どんなことで？」

「僕が、お祭りで盛んになった火を消して回るの。決して、仕事としてはたいしたことないんだけど、冷静で落ち着いてるって」

「なかなか」

長老が手を打った。

「そうなの、見直した」

ユーイも笑う。

「だからお姉さんは、僕にしとけば、今ごろはだねぇ」

得意げに胸をそり返らせるエリン。

「そっ、そういうこと言ったんじゃないの」

わかってるよ、と下を向く彼の頬に影が落ちた。

「ふん、だからもう、いいんだ」

すねている。

「若人が簡単にあきらめてはならん。女性には必ずどこかにスキがあるものだ」

少年はその言葉にはっと顔を持ち上げ、大きな目をいっそう強く輝かせた。

「おっ、おじいさまって、慎重派って思っていたけど、さすが！」

「慎重では恋はできん」

ユーイはおもはゆくて目の下をかく。

「確かに、相手が火の国の首長の娘ってことは……火のような恋をされたのではないかと想像できます」

エリンがさっと立ってユーイに近づく。

「ずいぶんと余裕な発言だね。けど、僕の誘惑に勝つ自信はあるの？」

その瞳はいっそう輝きを増す。

「もう遅い……私はもう、バロイだけだもの」

戸惑うようにうつむいたユーイを、エリンはどうしても振り向かせられず、唇を噛む。

「駄目だ……おじいさまぁっ。この恋はどうやって解決すればいいの」

「解決ではない。攻略というのだ。洗脳したらいい、こうやってな」

長老は物わかりよく、なにごとかささやく。

エリンは喜色を隠しもせず、話に没頭している様子だ。

「ふんふんっ、そしてそしてっ？　うん、うん！　わかるわかるわかるっ」

「わかるか……こうやって」

たまらずユーイは席を立ち上がった。

「あのう、そこでないしょ話するのやめてくださいませんか」

言いながら、せき払いする。

ユーイの憤りを知ったかのように、バロイが戸の隙間から脚を滑りこませてきた。

「もういいか？」

影が青い。

黙っているが、彼が心に怒りを抱えているのがわかる。

「バロイ」

ユーイが近づいていくと、鋭く低く、長老が制した。

「トゥバロスは立ち聞きを許すところだったか？」

なんでもないように、バロイは言った。

「殺されますね。だから、聞いてません」

「よし、密談開始！」

ユーイとバロイは、ため息をついた。

「はぁん、なにか内密に話すことがあった？」

「こ、これは一応、横道脱線らしくて」

「のんきなことを……」

「お茶でも淹れましょうか？」

「脱線中すまないが、オレの発言は許されているのか」

「まるっきり別の話のようよ」

いらだったように手を打って、バロイが二人の密談を止めた。

「聞こえるように話してくれ、そこのお二人」

エリンが恐ろしげなまなざしを彼に向ける。

「駄目だっ、聞いてた？」

「いや、全然」

凄絶な笑みを見せつけたかと思うと、突然エリンは怒鳴る。

「じゃあ、聞こえるように言ってやる！　おまえはかたきだっ。いつか殺す！」

「よし、頼もしいぞ。エリン、男だ」

バロイはふいに近寄った。

「よしよし」

「頭をなでるなっ」

と、エリン。

「どうすりゃいいんだ、ああっ」

「へん」

せき払いをして、バロイは手もとに例のものを取り出した。

「オレに近づく男は、大体これが目的なんだがな」

エリンの眉は奇妙な形にゆがんだ。

「どれ、なっ……なにこれ」

エリンは、てんで勘の冴えを見せない。

「それは、バ、バロイ！」

「これは彼女が絶対にいやがって泣くしろものだが、たいていの女は歓ぶ。そういう設計になってる。

秘密を話すか？　これでどうだ」

「ど、どうしよう……どうすればいい？」

「もらっちゃえ」

「そんなもの、欲しくないもん。ユーイお姉さんが歓ばないならいらないっ」

「若者には油断がならん。なーんだ。どうせならユーイの歓ぶ方法を教えよう、とか言わんか、こりゃ」

ユーイは戸惑って、前後を顧みた。

どうやらぬきさしならない事態に突入してしまった模様だ。

「ちょっと、待って。何をむきになって……長老もなんか言動が変になってますよ」

「ユーイが歓ばないからこんなものくれてやると言っているのだ」

「だーかーらー、今からおまえとじゃ勝負にならないと言っているのだ」

頬を染めるユーイを見て、エリンは絶叫した。

「えっと……そういうのは、こういうとこではちょっと……」

「黙っていろ。おまえさんのためなんだぜ」

「お姉さぁん……」

泣きそうなエリンから顔をそらしたユーイは、内心で汗をかいていた。

「どうしようっ、僕、そうなってないよっ」

突如、悲鳴が上がった居間に、老人のため息が満ちた。

「覚悟しておけ、逆境に勝てばいつかきっと……あぁあ、あわれなエリンよ。決して私は見捨てはすまい……」

「さよなら、エリン」

「僕のこと、ちゃんとなってないから？　ねえ、だから？」

ユーイは必死で見つめる相手を、非情な言葉で退ける。

「そうよ……あなたに言わせると、私がいいって言うことなら全部素直にきくんでしょう。なのに……駄目じゃないの」

エリンは青ざめたきり動きを止めた。

動けないのだ。

「ナイス」

バロイが親指を立てた。

「強制的に引きはがすより、マシだったな……。無理はしなくていいんだぞ」

「してません。恥ずかしいだけで」

「えぇーん、おじいさまぁっ」

エリンの号泣が館中に響きわたった。

赤面ものの攻防だった。

「ところで老、沈んでおられたようですが?」

長老がやっと事態に気がつき、顔を上げた。

これまでずっと、泣きはらすエリンをなだめすかしていたのだ。

「あ……そうだったわ。エリン、もう泣かないで。私が言えた義理じゃないけど」

「だってさあっ、僕のほうが早かったのに、なのにっ。この街に来たのはなんでなの。お前が来なければお姉さんはっ」

エリンはなりふりかまわず、人さし指をバロイに、突きつけた。

「おまえこそ」

「僕はね、お姉さんに会うためだけに来たんだ」

「それは……まぎれもなくうそだな」

「そう……実は音楽と絵を描くために、民族の芸術を高めるために。それと赤土を掘りにきたのさ」

「あれが……ほほう、芸術か？　おまえの耳は壊れてるな」

バロイは先日の歌声を思い出した。

壊滅的音痴のあの声。

「壊れてないよ！」

「絶対に、おかしい」

「ふんっ」

額を指でかいて、バロイは肩をすくめた。

「赤土ってのはなんだ、絵の具か？」

「正解」

「じゃあ、西にもあるだろう。どうしてここなんだ」

「だから、おじいさまがいたから」

「なんで、ここにオジイサマがいたのかな」

「旅してきたのに、いいよっ。あちこち捜してたんだ……けど、ここまで来たときに暴漢に襲われて、そこへおじいさまが」

「うむ」

長老が大きくうなずいた。

「できすぎだ」

「できすぎじゃないのよ。エリンが持っていた石が導いたのだわ、おそらく」

「うん、オレもそう思っていたとこだよ」

「そうだよ。この石がなかったら僕、会えなかったと思う」

「そりゃ、なんだ」

「石」

エリンの掌には、軽く握られた得体の知れない物体がある。

「だからなんの」

「赤石」

「怒るぞおまえ」

「僕のお母さんが生まれたときに、掌に握っていたんだ」

鋭くバロイはつっこむ。

「最初にそう言えっ」

二人の少年はうながすように少女を見る。

「お姉さん……」

「ユーイ」

ユーイは、眼前で両手を大きく振った。

「わ、私になにをどうしろっていうんですか」

二人はそっくり同じに言い放った。

「こいつになんとか言えっ」

「言ってよおっ」

戸惑うユーイは、壁際に追いつめられた。

「私に言われても……、どっちも困りますよ」

「そっか……」

「そう。困っているユーイに、おまえはなんてやつだ」

頭をはたかれたエリンが反抗した。

「おまえだって」

「喧嘩両成敗といきますか？」

ユーイは思わず拳に息を吐きかけた。

「両成敗？　こいつと一緒なのか」

「ええ、そうですよ」

「こいつと一緒にされるくらいなら貝になる」

エリンが勝ち誇ったように言う。

「貝になって。そして一生お姉さんから離れてくれよ」

「ところがそうは問屋がおろさない」

「二人ともそんなこと言ってる場合!?」

「そうだ。両成敗じゃなくて、こいつだけだろ」

耳をつかんでバロイがエリンをいじめる。

「こいつって言うな」

泣きそうになりながら、エリンが言った。

「こいつがこいつって僕を呼んだから、僕もこいつをこいつって呼ぶ」

はあ、とため息をついてユーイは腕を組んだ。

「しっかりしてよ。なんの話がしたいんだったかしら」

「そうだよ、領主さまの死だ」

ぽんと手を打ったエリンは、確かに領主と言った。

「領主が死んだ?」

バロイにとってはいまひとつ呑みこめない様子だ。

「私に言わせていただければ、最初からそういう話になってしかるべきなのに。あなた方がまぜっかえすから。長老だってそうですよ」

苦々しげに目を瞬かせた長老はうなだれて、首を横に振った。

「私から話すことなどない。あやつは、崖の下に落ちておった。埋もれて発見が遅れたのだ。間に合わずに死んだ。それだけだ」

「息子が領主?」

とんとわからぬバロイにユーイは耳打ちした。

「長老は隠居されたのです」

「そうか、そういうことか」

しばらく様子を見ていたはずが、これからの予想がつかずにバロイはうなった。

「崖の下……かよ」

「もちろん、まちがいなく事故だ。状況を調べればわかる。ただ、あやつは手に高額のコインを握っておったので、最初は物盗りかと」

「そうか、そうだったのか」

はっと顔を上げたユーイが、バロイを見た。

「どうしたんです、バロイ」

「トゥーだ。確かに崖の下でなにか見たかと聞いたじゃないか」

声を潜めて彼はユーイに早口でまくしたてた。

「あ……そういえばそんなこと言ってましたね。だけど自分のせいじゃないって」

「カムフラージュだ」

「だけど、まさか」

せき払いしてバロイは言う。

「物盗りの反対は？」

「盗みの反対……？」

「怒りだ。怨恨の線」

「なんの話だ」

ふと、老人が水を差した。

「いや、こっちの話です」

バロイが言うと、ユーイがささやいた。

「とにかく、一応確認してからじゃないと、なんとも言えないでしょう」

「正解。確かめてみよう」

その瞬間、バロイの視線は鋭くとがり、ちょうどエリンの肩口を刺していた。

「それじゃ、私たちはこれで」

残されたエリンがポカンと口を開ける。

「なにをしにきたんだろ？　あいつとお姉さん」

老人が軽いため息をついた。

「知らぬわ……」

「本当に？」

「ろくでもない話だ。だれもおまえのお姫さまを奪い返すことに反対はせんよ。だから落ち着いて話そう」

「うん、おじいさま」

二人は二階へと階段を昇り始めた。


ちょうど昨日バロイが崖から落ちたあたりで、ユーイは人影を見た。

「うん……あの影は」

高い土手の頂点に立っているのは、トゥーだ。

青い影が彼の周囲にまつわっている。

孤独な影だ。

膝をゆるく曲げている。仰向けた顔は、どこまでも白い。

崖の下から見えるのは、崩れた土砂と少年のはかなげな姿のみ。

「やっぱりここにいたか」

「トゥー、いた……」

彼は崖の上で顔を背けた。

月光がそれを追いかけるようにして、明るく輝いていた。

そのまま少年は素早く森へと姿を消した。

「追いかけろっ、話をきく」

「あ、トゥーッ!」

叫びながらユーイはその背中を追いかけた。

森の端に小さな明りがともっているのが見える。

「トゥー」

トゥーは家の前でたたずんでいた。

あずまやのようだが、なんとか家の形を保っていた。

「……あれはなんだ」

ユーイがささやく。

「彼の家だわ。私、前に病気の子を見舞ったことがあるの」

バロイが暗がりの中で眉をひそめた。

「なにやってんだ、自分の家の前で」

「あの……」

ユーイが声をかけると、トゥーは振り返った。

その目には涙が光っていた。

「なにやってんだ?」

無遠慮にバロイも話しかけた。

「ねえ、あの」

ユーイはなにかを言いかけると、トゥーが傷ついたように目を見開き、唇を噛んだのを見た。

「トゥー!」

意外にしっかりした足どりで、トゥーは二人の前をすりぬけた。

「あっ」

トゥーは木の根につまずき、わずかに体勢を崩すと、その瞬間に胸もとからなにかが弾けた。

それに気づかず、トゥーは走り去った。

「わ……」

開くと、中にはきれいな細密画が描かれていた。

ロケットだ。

「高価そうに見えるけれど……」

「あいつの家を見て言ってるんじゃないが、身にそぐわなくはないか」

「あんまりです」

抗議の声に、バロイが言い方を改めた。

「そうじゃなく。あいつ、トゥバロスに近い親戚かなにかか」

「いえ、昔からこの地を離れたことのない人です。特にここらへんの一帯の人たちは」

「気持ち悪いな」

「なにがですか」

冗談じゃない、というようにバロイは説明を始める。

「この絵は、トゥバロスにまつわる技法で描かれている。年代は今から十五年前。日付は……やっぱり。

くそっ、こいつは驚いた」

「どうして？　なにがです」

「これは、王家の……」

言いさして唇を閉ざしたバロイにユーイはもう一度聞く。

その顔には、不安が色濃く影を落としていた。

「えっ？　なんですか」

「違う、だけどまちがいない。お師匠さまから見せていただいたのと、そっくり同じだ」

黙って聞いていたユーイだったが、思わぬことを口にした。

「やはり、あの子が殺したのかしら」

弾かれたようにバロイがユーイを見た。

「な……」

「だって、そんな由緒のありそうなものを持っていて、おかしくない？」

「そうか、あいつが盗んだ……！」

「まちがいないわ！」

即断して二人は再び長老の館を訪れた。


道中、勇み足と速まる鼓動を押さえきれないまま、じゃり道を歩む。

「初めから計画していたのかしら」

ユーイがふいにそう言った。

「突発的にってことも考えられる」

「でも、彼がなにか人知のおよばないことをしたなんて思えない」

「まちがいないと、言っただろう」

「でも……まちがいないのは、盗んだってことだわ。あそこの地域は独特で、決まりで高価なものは身につけられないの」

「へえ、独特か。まあトゥバロスもそうだな」

「えっ」

「こんな細工のものは貴族以外は身につけられない」

バロイはかざした鎖のついたロケットを、目の前にゆらして握りしめた。

「貴族なの、あなた」

「ああ、そうだ」

ちょっとだけ笑った彼女を、彼はやさしく見とがめた。

「そう、貴族が一人で旅を？」

「それは、わけがあってね」

「卒業？」

「うん、特に師を探すのが先だ」

「学ぶ者に師は来《きた》る」

「格言か？」

「うん」

「それにしちゃ……あたってるけどな。あたりっこないのが格言だよ」

「うそよ」

ユーイは笑い出す。

「じゃあ、人が言った言葉がそのまま自分にあてはまることがいくつある？　絶対にない」

「あるわよ」

「この話はそこまで。さあ着いた」

二人は、必ずしも穏やかでない、そんな会話を交わした。

その手の中に、なにがあって、かれらの道をどう照らそうというのか？

そのロケットには、一人の美しい金髪の女性の姿をかたどった細密画が収まっている。

うっすらと、表情には憂いがある。

甘い唇をしていた。

そして瞳の奥の輝きが、うっとりするほどあでやかだった。

しかしどこか視線は遠く、寂しげな雰囲気がする。

「どこかで、こんな目をした人を知ってはいなかったか……いや見知った女性《ひと》ではないな」

トゥバロスの王家お抱えの絵描きの手によるものであることだけは確かだ。

……バロイはユーイには言うつもりがない。

言ってもしかたがないからだ。

しかしそれが、かつて王室の正妃となるべき女性だったとは夢にも思わずにいた。

そうは思わないにしろ、それは真実だったのだが――。
「老、また来ました。お話があります」
表の戸を開くと、どこかで見たことのある制服姿が奥のほうへゆくのが見えた。
領主の体は今さっき届けられたらしかった。
かれら二人は、かいま見えた担架に大きな布がかかっているのを認めた。
意識があり、今にも起き出そうという人間を運んでいるとはとうてい思えなかった。
――遺体だ。
モスグリーン色のカバーは制服と同じ色調で、紐が前後を戒めている。
玄関でユーイはオルリーと顔を合わせた。
どちらもいたたまれなかった。
ただの気紛れだといい、と言い合っていた矢先のことだったのだ。
もちろん、こうなってしまうとは互いに、夢にも考えなかった。
だが本人は、まったくなにも知らずに、生前から使っていた部屋に収まっている。
――死体として。
ユーイはオルリーに話しかけてみたが、とりあってもらえなかった。
しばらくの間は内密にするように、とも言われた。
言いふらす趣味は二人の、どちらにもない。
安心していい、と二人は言った。

どちらかというと、トゥーが思いつめたような様子でいたことを話したかった。

だからここまで来たのだ。

あれは月の光のせいだったろうか？

彼の目からしずくが滴って、その頬を濡らしていたのは目の錯覚か？

違うとしても、説明がつかない。

いったい、なんの意味があるのだ。

確かに、領主の死を悼むといった涙ではなかっただろう——。

もっと底知れない悲しみがあるような、そんな表情だった。

だが二人は黙って、オルリーたちの作業をじっと見ていた。

なにか手伝うことがあるとは思えなかった。

事務的な言葉の端々に、生前の領主に対するかれらの思いが見て取れた。

「あのう、オルリーさん。私たち……すぐ帰るから」

「残念ながら、こちらも関わっている時間はないね」

「そうですか……」

目配せしてオルリーはユーイに聞いた。

「だが、そちらは？」

その目は猛禽のように鋭かった。

「ええ、バロイです」

「あんたがか」

ユーイは答えると、バロイの体を押して奥へと入っていった。

オルリーは最初から、なにか信用できないとでも言いたそうにバロイを見ていた。

もちろん、意地悪ではなく。

職務としての彼の身分は、実績に裏づけられている。

彼がなにか警戒しているのは、ただの直感、とは片づけられない。

あのオルリーが目をつけているから、どうだというのか？

しかし今はそれだけではない。

これからどう転ぶのか、一種の賭けであった。

「まちがいない……私の予想はあたるから、見てらっしゃい……そりゃ、あたったらあたったでいやな予感なのだけど……」

ユーイはそうささやき、手に汗を握った。

しかし、これからは彼女は口をつつしむだろう。

引き金になったのは、彼女の不用意な言葉だったのだ。

「違う？　そんなはずはない！」

「……しかし、それはわが館の物品ではない」

はっきり言われて、二人はあてがはずれて呆然とした。

長老はあまりにも毅然としていた。

「だいたい、その人物を疑う理由というのが、見えてこない。そんなに簡単に信じていい話とは思えないな」

二人は顔を見合わせた。

そのとおりだった。

「説明しよう、ユーイ。いいか」

「ええ」

ユーイはうなずく。

バロイは姿勢を正しながら、言葉を明確に発音した。

「老、夕べの話です。人々が寝静まっていたころ、彼が突然にオレのもとをおとずれました。そして聞いたのです。なにか見なかったか、と」

「それがどうしたんだね」

長老の長い眉がまなざしを隠している。

そのたたずまいは固い彫像のようだ。

岩のような、と言っても過言ではない。

「だから……その……、崖の下でなにかを見たか、と言うんですよ」

老人は眉をわずかに動かした。

「つまり？」

「彼は、トゥーは少なくとも、崖の下での一件を知っていた、とは考えられませんか」

せき払いをして長老は、椅子に腰かけた。

やがて重々しく言葉を切り出す。

「まともに聞けばそうだろうな。しかしどういういきさつでそんなことになったのかな？」

「おっしゃるとおり、まともに聞けば彼は疑わしい。それ以上でもそれ以下でもありはしない。ですが、それが理由にはならないと？」

「疑わしいのと本当に突き落としたかどうかは、別ではないか」

老人は切って捨てた。

バロイは反論した。

「老、あなたのご子息が、ですよ。彼の犠牲になったのだとしたら、どうしてそんなに冷静でいられるのですか」

「あの子は秘密を持っていた。私はそれを逆手にとって監視していたのだよ。ある秘密をだれにも言わないで、監視下に置いた」

「あの子？　とは」

「トゥーだ」

「え？　それじゃあ……」

長老はくわえパイプに刻み煙草をつめこみ、火をつけた。

「あの子に私を裏切るようなまねはできるはずがない」

ゆっくりとパイプの煙が天井に昇ってゆき、拡散しきれずわだかまった。

「お願いだから、その秘密とはなんなのか、教えてほしい、老」

「駄目だ」

「お願いです。長老、私からも」

ユーイが言うと、老人の顔色は変わった。

「教えてもいいのだが、トゥーが本当にやったのか？　証拠はなんだ」

しぶしぶといった態度で、かれらは金の鎖のペンダント・ロケットを差し出した。

「これは、領主さまの持ち物ではないのですか」

受け取って、老人は眉を上げた。

「これはまさしく彼のもの……」

「やっぱり」

「いや、息子ではない」

「え？」

老人は首を何度も横に振った。

「いや、いやいや。口が滑ったようだな。いくらなじみの者でも言えぬ。ユーイ、これをどこで手に入れたね」

長老はせわしく手を差しのべて、ロケットを目の高さで軽く振った。

「トゥーが持っていました」

パイプを口から離し、彼はうなずいた。

「やはりな。なくしてしまったと嘆いているだろうにな。返してやってほしい」

「まさか！　これが貧しい者の持ち物ではないはずです」

「意味が違う。購入する資格があるのは貴族だけだ。しかし、もとから持っているものを取りあげることはできん。それは泥棒だ」

「もとから？　じゃあ……本当にトゥーはトゥバロスの人間？」

しまった、というように老人は眉をしかめた。

そうすると完全に瞳が隠れてしまう。

「む、もっと早く気づくべきだった。トゥバロスからの使者が……いたか」

「じゃあ、そうなんですか」

ユーイが勢いこんで言うと、長老は片手を上げて身を乗り出す彼女を制した。

「いや、秘密というのは、かれらが移民だということだ」

腑に落ちない様子のユーイ。

そんなはずはない。

「トゥバロスからの？」

老人はうなずき、軽く何度もあごを引いた。

「でも……それがトゥーの秘密とは、どうしても私には思えないのですけど」

「ユーイ、触れてはならない問題はたくさんある。その口を閉じておいで。弁舌ばかりが達者では、問題の本質を見失うことになろう」

「老、少し冷たいですね」

「いや、本当のことだ」

バロイが言ったが、老人はにべもない。

取りつくしまもなかった。

「老、ここまで来て嘘をつかれるのですか」

大袈裟に肩をいからせ、両手を広げて老人は強調した。

「なにを言う、説明したばかりだというのに」

「確かに一部だけは。でも、それだけじゃないんでしょう。トゥバロスにはどんな秘密があるというのです?」

老人は苦笑いで答えた。

「どんな秘密と言われても」

「私も知らない事実をあなたは知っているのか、それだけお聞きしたい」

バロイが再び切りこんだ。

「一人前の顔をして。おまえさんが知らないことなどいくらでもあるわ」

「知らないこととは?」

「遠征のつらさ、厳しさ、裏切られた気持ち。それから救われた瞬間の鼓動と吐息。太陽は輝き、月は満ち、すべてが変わるときだ」

「私もそれは知っている」

「あやしいものだ」

老人の言葉にバロイは肩をふるわせて抗議した。

「なにを根拠にそんなことをおっしゃるのですか！　あなたになにがわかる」

「私が、おまえさんになにか与えると思うか。それはまちがいだ。ユーイとは違って、私は心を許さんつもりだ」

「なんの話です」

「なんのためにトゥバロスから来たのかな」

逆に問い返されて、バロイは息継ぎをした。

「目下、そこの理由が聞きたいが」

「それ、は……」

「口ごもるようなことかね」

強い口調でバロイは反論した。

「いや、そんなことはない。しかし反対に言えば、あなたはそれだけ私を敵視しているという話になりませんか」

煙を吐き出しながら、老人は眉を上げた。

「いかにも、そういう発想だよ。当然だ。嫌な世の中にしてくれたものよ。トゥバロスは、私たちから……一瞬のうちにすべてを奪い去った」

「老、すみませんが愚痴を聞いている場合では……私の次にはひかえている者もある」

パイプを持つ左手を差し出して、老人はさえぎった。

「みたことか。権力と利潤のみしか求めぬ軍の謀略戦争か……わかっているとも」

「それは違う」

かすれた声でバロイは言葉をとぎらせた。

「本当にそうなの？　バロイ……」

「やはりな」

いえ、とバロイは唇を湿らせてから言った。

「口ごもったのは注意するべき話だからです。本当は話してはいけないのですが。でもお二人を納得させるには話すしか……」

ユーイが恐ろしいものでも見るように、うながす。

「ええ、それしかありません。話してください、バロイ」

「自分はつまり、なんというか、責任ある立場ではない。そして軍隊によけいな動きは……不必要な消耗を強いる派遣はしたくない」

「そこまではいいわ。軍隊とつながっていることだけはわかるもの」

老人もうなずいた。

「よおく、わかるよ。それで?」

「はい。軍隊の消耗をさけるため土地の人民を調査する。それが自分の役目です。トゥバロスに逆らう分子がいなければ、役目は終わりです」

「じゃあ、今までの話はみんなうそなの」

ユーイの言葉は悲鳴のように響いた。

「初めに言ったのは作り話です。つまりオレも心配なのは、師がなんのためにトゥバロスに招かねばならないか、ということ」

「知らないのね」

しばらく沈黙があった。

ろうそくはとうに半分以上が溶けている。

顔を手で覆って、バロイはまぶたを押さえた。

呻吟するようにそのまま顔をなでおろす。

「軍隊というところは、最低の人間が最上の部類に属している。オレもころっとだまされて、ここへ来たのかもしれないし、それはわからない」

勢いこんでユーイは言った。

「当然、今までの作り話とは別なのよね、それは」

「いえ、ユーイ。オレの師、トゥバロスの師匠がオレにここへ来るように指示したのは、名目はそれだったから、うそではない。しかし……」

「あなた自身も、だまされているかもしれないと？」

バロイはうなずいた。

「師はどこにでもいる。師匠はそう言いました。そしてオレ自身の師を探せと命じたのです」

「勉学でなく？　そう……わかったわ。師《わたし》がその都へゆけば、なんとかできるのね。なら私、ゆくわ」

「即決するのは早い。なにしろ、オレはなにも知らされてはいない。師をどうするのかまで……」

息を呑む彼女の前で、バロイは視線を落として繰り返し言った。

「ただ生け贄、というのはまちがいです。あなた方は、そうかもしれないというだけでおびえているのかもしれない。しかし、それは違います」

「明確にか」

「はい」

「では、この老いた者の目に見えた、人々の苦痛と恐怖は幻だったのか」

「はい」

「よく言った、獣の国からきた若者。私は生け贄にかつて選ばれた一人だ。そのような弁を弄しても無駄というもの」

「あ……」

そのとき初めて少年は失策に気づいた。

「これでわかったな、ユーイ」

ユーイも目に涙をためている。

「はい……」

「ユーイ、オレは……違うっ」

「なにがですか」

「だから生け贄とは、かつてのトゥで起きた反乱がもとになった悪例なのです。エンはその犠牲になっただけ、あやまちだったんだ」

誤解を解くように彼は言った。

ユーイは複雑な顔つきで返答した。

「言い訳は恥ずかしいわよ。あなたと同じような使者は他にもいるの？」

「ユーイ」

「なれなれしくしないで」

その声は悲痛だった。

「オレでは軍は止められない。あなたが必要だ。あなたしか止められない。なのに信じてはくれないのか」

「ちょっと待って、私が？」

長老がまなざしでバロイに問う。

うなずいて彼はまっすぐに二人を見た。

「じゃあ」

座っていた身を起こしかけてユーイは口もとを押さえた。

「おのれ、だます気か。ユーイを……」

「老、信じてください。どうか」

顔を手で覆い隠して考えごとをしていたユーイは、急に頭を押さえ始めた。

「気分が悪い……今まで私……なにを見てたの、あなたのなにを……バロイ、あなたのなにを……」

「嘆くな、ユーイ」

老人が厳しく命じた。

激しく泣いて、ユーイは今までの不安をぶつけるようにバロイの胸板をたたいた。

まがうことなき修羅場である。

「わ……あっ」

「泣くな、ユー……」

そう言いかけたバロイに、

「泣くなと言っても、おまえさんの責任だからの」

「違う、誤解なんだ！」

「じゃあ、説明してみたまえな」

「助けたいと、言った……街を助けたいって！」

バロイのたたきつけるような言葉に、ユーイが身をふるわせる。

「言ったじゃないか。ユーイ、あなたは」

「助けられないと言ったわ、あなたが」

ユーイは乾いた唇を噛みしめた。

「オレには、だ。あなたが……あきらめたら」

「だって……私が行っても後悔するわ。きっとあなたを試しに、お師匠さまはここへ」

「なんで？　あなたになにがわかるんだ」

「知らない」

「そんな」

「そんな？　そんなってなに」

「しまった……あう」

　バロイは舌を滑らす。

「見捨てるなんて、師匠のくせに……」

「見捨てはしない。じゃあ、あなたなんて師匠の意もくみとれない不肖の弟子じゃない」

「不肖の弟子？　それはあなただって同じだろう」

「先生はそんなこと言わないわ」

「二人とも、いずれからそうして喧嘩を始めたのかな」

　不意に長老が水を差すように尋ねた。

「私はいつの間にか、あなたを誤解していた。けど、おもしろかったからいいと思っていたのに」

「おもしろいから？　そして疫病神とそしるのか」

「確かに判断はあなた持ちかもしれない」

「ひどいことになった」

　そのとき老人が口をはさんだ。

「トゥーは元気だったかね」

「元気とはいえない様子でした。泣いてましたよ」

「泣いてないよ、彼は。あなたの気の迷いがそう見せたんだよ」

「まあ、なんでなの。つまり私の真心を踏みにじるのね」

「踏みにじるだって？　真心ってなんだ。見たこともない」

傷ついた顔をして、ユーイは館を飛び出した。

あとに残された少年と老人は、最初は呆然としていた。

が、すぐに仲直りするように、言葉をかけ合った。

「なにが、あったのか……われながら遊び人だ。忘れるのが早い」

「遊んでいれば、忘れはせんよ。生真面目だと忘れやすい。つまらぬことばかり覚えておるので、肝心なことを見逃すのだ」

「そうでしょうか、老」

「真面目に考えこむと、老けこむぞ。その若さでな」

「あなたは頑健な青年のようですね」

「ところで、トゥバロスの王は、いずれのときに代がわりなすったかな」

「三年前です」

「そうか、みじめなものよ。老いた年寄りが自分の時代と歴史を感じるには、もう時がたちすぎた。試しに置いてやろう。歴史談義はできるか」

「はい。得意です」

母親の顔でユーイを見送った老人は、今度は父親の顔で少年を見る。

堂々と。

「しばらく休むか……そしたら順に交替で話すことにしよう」

「老、生意気なことを話すかもしれません。負けず嫌いなのです、私」

「おまえさんがか。けっこうなことだ」

首を横に振りながら老人は言った。

「そしてどちらかというとトゥバロス側の立場から、話すかもしれません」

少年の眉間には暗い影が差していた。

「トゥバロスの歴史を持つ者だからな。私もエンによった話し方しか、することはかなわないが」

「そして、オレは秘密を守り通せないかもしれない」

「それは、勘違いだ。おまえと私の間にはなにもない。血のつながりも、笑いも、暇潰しの会話も。仕事だろう、お互いに」

すっ、と少年の眉間から陰りが消える。

「ああ、そうですね。けれど信じる人はいますか。あなたを信じて待つ人は」

少年はさぐるような目つきだ。

「いない。もうみな生きてはおらぬ。もしくは生きたまま死んでいるようなもの」

「それはいけません。信じている人がいないということは、いつかあなたを殺す。心から信じ、付き従う者があなたには必要だ」

老人は首を振り続けた。

「さて。血のつながりでもなければ、そんなつながりなど欲しくはない」

バロイは悲しそうに笑った。

「そして、血のつながりのある人たちをどうするつもりです、老」

「なにもせんよ。眠ったような者たちに、ことの次第を話す時間はない」

「一理あります」

「二理も三理もあるわい」

バロイは苦笑いした。

「私はあきれかえってます、老」

「年寄りは馬鹿にできん、ということを見せてやろう」

「それは、知ってますよ」

「トゥバロスの師は幾歳だね」

「おそらく老の年齢とは、隣り合わせかと」

二人が互いの秘密を明かすのに、多くの時間《とき》を必要としなかった。

「つまり、トゥバロスは……」

「ええ、そうなんです」

「じゃあ」

「いえ、この話は都合のいい解釈によって、ねじ曲げられたのです。ですから……」

「ふう」

「老、まだ夜は明けませんよ」

「うむ、わかっておる。が、しばらく休みたい。熱を冷ますのに一時間」

バロイはうなずいた。

だが、一時間といわず夜明けまで、二人は椅子にかけたまま、眠りこんだ。

「いかん……私も疲れがたまっていたらしいわい」

「は……うっ、あぁっ、あーっ」

伸びをして少年は椅子から立ち上がると、腰をさすった。

「疲れた……」

その目の下にはくまどりができていた。

血行を妨げる姿勢で寝てしまったためだ。

うなりながら顔をなでて、二人は同時にこぼした。

「青いな……。談義の途中で寝てしまった」

「ふう、でもまあ、これからです」

顔を洗いもせず、また向かい合って談義を始めた。

「どこまで話したかな」

「やれ、こぼしたわい」

冷えきった薬茶の入った碗《わん》を、倒した老人が、あわてて呼び鈴を鳴らした。

使用人が走ってきた。

こんな早朝から長老が起きたのは初めて、という顔だ。

一緒にエリンも起きてきた。

「よお、エリン」

ひげをこすって、バロイは肩越しにエリンを見た。

「ひげっ？　あんた、そんな顔してひげが生えてるのかっ」

エリンがよけいな一言を言った。

「ああ、それが？」

「僕は、まだ……」

「その歳で？」

「まだ十一だいっ」

「オレは十七だ」

「うえっ、そんなに歳が離れてるとは思わなかった」

「顔？　はん、オレは昔から童顔で有名なんだ」

「あぁあ、お姉さんも歳上が好きなんだっけな」

「なんだって？」

「歳が上の人が……」

「あの人、いくつだ」

「十八だったかな」

「オレより歳上じゃないだろうか」

「うそうそ、ほんとは十二」

「うそつくなっ」

「ううん、ほんとはね、知らない」

「捨て子だって言っていたっけ。それじゃ生まれも知らないんだな」

「うん、ルウって言ってたよ。昨日」

「なに？」

「死んだんだよ。彼女のお父さん、お母さん。そうだろ、ルウ民族が滅亡したんだから」

「そう……か」

バロイは椅子に深く沈んだ。

青灰の髪がくたびれて、しなやかな陰影を作り、白い顔をふちどった。

バロイは青ざめている。

一晩明かしてから初めて考えた。

あんなにまで相手を責めていたのは、疲れだったのか。

ユーイを心ならず、傷つけた。

必ず謝ろう。

そして許しを乞おう。
朝日が客間の窓から差しこんで、バロイはまぶたを押さえた。
陽の光は白い。
窓からは、鳥がさざめくのが聞こえた。
カーテンがそよいで、風が入りこむ。
使用人が空気を入れ換えるために、窓を開けたのだ。
白いガラスをはめこんだ窓は、神秘的な宝石のような輝き。
ガラスの屈折が陽光を変化させて、そんなふうに見える。
よく見れば透明ではなく、わずかに色調が入っている。
青いというよりは神秘的な白。
それは高価な宝石と、同等の価値がある。
陽のあたる場所へ、一歩だけバロイが踏み出してみると、清涼な空気が肌をなでた。
静かだった。
血みどろの戦いなど無関係の土地なのだと思った。

第三章　失踪

「また、どっか行きやがった。トゥーを、本当に見てないか」

三日間、続けてオルリーは診療所をたずね、そう言った。

そう……三日、あれからトゥーは、姿を見せなかった。

草刈りをしながら、彼女は一瞬腰を上げ、

「いいえ、オルリーさん」

と、三度も答えた。

「そうかい、じゃあまた、はあ……あいつ、どこに行ったんだ」

オルリーがぼやいて、いかつい肩をゆすりながら歩いていった。

高い土手から彼は見たはずだ。

土砂にまみれて冷たくなっていた領主の体を。

トゥーも。

「……じゃないと、変だもの」

「……ーイ」

彼はどうやって領主を殺したのだろう。

いや、殺してはいなくても、なにかを見ていた。でなきゃなぜバロイに聞いた？

「ユー……」

「彼は、私になにか言ったかしら。言っていない……でも、なにか、変だった。それが前日からだったなら？　やっぱり、変よ」

雑草を刈りとりながら、彼女はぶつぶつと独り言をつぶやいていた。

忙しさにまぎれて、そのときのことを忘れないようにするために、一生懸命口に出して考えているのだ。

「ユー……」

「は、はーい！」

ユーイは腰を上げて、診療所の中へと入った。

「ユーイ」

「なんですか、先生」

「やれ、年寄りはつらい。あのトゥバロスの彼はどこへ行った」

「あ……忘れてました」

この三日間、続けて会ってない。

あれからどうなったのだろう。

「いや、私にかまわなくてもよい」

水をとろうとするユーイを、老医師はとどめた。

「今日は調子がよい」

「じゃあ、起きて、お食事を、お召し上がりになります？」

「は……ああ。そうするか」

と、扉が開く音がした。

ユーイは老医師のほうを向いて、アイコンタクトをとってから立ち上がった。

扉は開いていた。

室内に空気が吹きこんでくる。

表をのぞいてみると、バロイだ。

門柱によりかかって空を見ている。

「花が盛りになった」

「なにしているんです」

「ルウ・リーの花は？」

「え？　ええ、どうにかまた咲きました。それがなにか」

影のように門柱から離れると、バロイはユーイを抱きしめた。

「なん、なんですか」

「許してほしい」

「なにをですか」

「あの日……あなたを傷つけ、おとしめた」

「もういい、そんなこと」

目をのぞきこみ、彼はユーイをそっと放した。

「本当かい」

「ええ、なんとも思ってません」

「安心した」

「喧嘩するほど、仲がいいんでしょう」

「うん……」

照れたようにバロイは頭をかき、それから片手を差し出し、ユーイの手に重ねた。

「これ……」

「え？」

ウインクしてバロイは手を離した。

その手に握られていて、ユーイの手に渡されたものは……綺麗な花束だった。

「ルウ・リーの花を枯らせてしまったろ」

「あ、そんな……いいんです」

「受けとってほしいんだよ」

「う、うん」

真顔になって二人は黙った。

「プロポーズかと思いました」

「花で？　そのときはもっといいものを用意するよ」

「女としては……」

「いかん！」

だみ声に顔を上げると、ユーイの背中ごしに老医師がふるえているのがバロイにわかった。

「あ、じゃ……」

「でもっ」

「いかん！　戻ってこい」

少年は去った。

「これでもくらえ！」

杖を投げて、支えを失った老医師はユーイのほうへと倒れこんできた。

「先生」

それを支えながらユーイはバロイを顧みる。

「花などどうでもいい。おまえは……自分を売るのか。あいつは魔物だ。トゥバロスだぞ」

「先生、落ち着いてくださいよ。トゥはどうあれ、彼自身には罪がない」

「いかん！　甘ったれた観念を捨てよ」

「さ、先生。もう寝てくださらないと。私がお運びしますよ。こんなに顔が青くなって、お体に障ります」

てきぱきとした動きで彼女は老医師を寝台に放りこんだ。

シーツで老医師の体を巻いてしまうと、念を押す。

「もう、あの人を悪く言わないでください」

老医師は渋々うなずいたのだった。


こびりついた垢をこそぎ落とすように、トゥーは手についた赤黒い汚れを落とそうとした。

息が弾み、汚れが落ちないと知るや、怒りの声をもらした。

「落ちない……落ちろ、落ちろっ……ふ、ううっ」

その手は爪の先まで赤黒く染まり、さっきからふるえ続けている。

唇は白く、吐く息まで血生臭いような気がしていた。

「落ちろ……お、全然落ちない……落ちてくれっ」

気が猛った熊のように、木の幹に体をこすっている。

指についた土を、何度もこすり合わせているのに落ちないのだ。

彼の全身から湯気が出ていた。

細い嘆きが間断なくもれ聞こえる。

その声を聞く者があったら、こう思ったろう。

『啼《なき》うさぎの悲鳴』と。

トゥーの心が断末魔の叫びを上げる、今はその瞬間に違いない。

「オイラ……ぐちゃぐちゃだよぅっ。もうどこにも行けないよ。でも、最初はどこで生きていたんだっけ……おぉお、オイラはバカだっ」

鈍く輝く涙が頬を伝う。

彼は一度もそれを、ぬぐおうとしなかった。

かわりに、土にしみこんで乾いた血糊がさやかな風に吹かれた。

あたりに散った赤い血の飛沫《しぶき》は、どす黒いシミとなって、草木の間に紛れていた。

「どうしてだよ、うぅっ……どうしてなんだっ」

しだいに彼は力をなくして、幹に頼って立つようになる。

今、彼の姿を認める者はない。

うっそうとした林の中で、彼は静かに時が流れるのを待っていた。

ただ一人きりで。

彼はただ、一人になりたかっただけだった。

「なんでこうなったんだ。オイラ、もう駄目だ」

とめどなく生暖かいしずくが、彼の目から滴った。

そのまなざしは遠く、すでに過ぎ去ったなにかを見つめている。

トゥーの様子を見守っていたのは、頭上の梢と、そこに集まったカラスたちだけだった。

「いた？　どこに……」

露骨に『しまった』という顔をして、オルリーは説明した。

ユーイは突然のことに驚きながらも、ついていった。

そして愕然とした。

つれて行かれた領主の館では、街の住民を募って公式の裁判が行われていた。

「ユーイ」

「お姉さん」

バロイとエリンが同時に席を立ち、歩み寄ってくる。

「二人とも……座っていていいわよ」

一人が立つだけで閉塞感が増す。

行商人らを除く、総人口の六割が席を占めていた。

外庭に半円を描いて張り巡らされた天幕。

木立ちが中央をはさんで、両脇から人々を囲み、葉をそよがせた。

その中心には見たことのある少年の姿があった。

糸をなくした操り人形のように、地べたに座りこんでいる。

ほこりにまみれた服装と、黒っぽくなった頭髪を除けば見慣れた姿だったはずだ。

力なくうなだれて、瞳は焦点のあわぬまま宙をにらみ続けている。

ひょっとしたら、彼はなにも目に入っていないのかもしれない。

静かに心の中に鍵をかけて、ひっそりと呼吸をしているだけの、生ける屍のようだ。

まわりの人々のざわめく声など、聞こえていないのではないのか。

そんなふうに思えるほど、彼の周囲には一種の静けさが満ちみちていた。

人々の色とりどりの頭巾の色が陽光に淡く浮かび上がって、対照的に日常をかもしだしている。

その黄や赤の間から、トゥーが後ろ手に縛られているのが、ユーイにはわかった。

「どうして縛られているの？　まさかとは思うけど……なにかやったの」

「裁判だよ。あの坊やのために朝からさ」

「やっぱり……彼が領主さまを？」

「いや、実は……」

「え……」

ユーイは顔をこわばらせて、中央の少年の横顔を見た。

汚れたポケットに、すすけた手足がなんとなく頼りなさげだ。

年齢にしては長い手足を、がらくたみたいに放り投げて、座った目をしている。

それでも、生き生きとした髪の色はどこから見ても金色だ。

今は垢じみてては っきりと識別できないが、この街では珍しい色だ。

手足と服とについている、すすけた汚れは、幾人もの人を殺した証しなのだという。

「三日の間……木々の中でな。南じゃないほうだ。領主様の館裏の林で」

「裏？」

一瞬、バロイを見たユーイは、顔が引きつるのを感じた。

あたってしまったのだ、彼女のいやな予感が。

「役に立たないやつだったらしいけど、すごい力で大の男性を……」

「しょせん、自分の力をみくびっていた相手を殺したんだ。そりゃあ、簡単かもよ」

「でもよ、そうすると、格闘はだれにも負けないぐらい強かったわけ？」

「その辺がはっきりしない……まだ子供だし、信じられん」

ざわめく人々を静止させたのは長老だった。

「騒ぐでない。今から始めよう。尋問からだ」

「長老、まちがいなく犯人なのですか」

聞いたのは街の役人の一人。

「それを確かめるのだ。静かに。この裁判の目的は、根拠のない噂話をまず断つことにある。では始める」

尋問は優雅なしぐさの使用人が行った。

「え……と、えへん。これから尋問を始めます。被告は席についてください」

両側から腕を持ち上げられて、トゥーはぼんやりと顔を上げ、まわりを見た。

立ち上がり、木の椅子に座る。

「あなたは人を殺しましたか」

「ハイ」

「それでは、これまでに人を殺したことがありますか」

「初めてです」

「いくら初めてでも、許されることではありません」

「ハイ」

「なぜ殺しましたか」

「なぜ……」

彼の顔は赤くなっていた。

「なぜ……？　そんなことはだれにもわからない」

「だから質問しているのです。なぜなのです」

バロイが独りごちた。

「あいつ……あきれたやつだ。公判を有利に運ぼうともしないで」

「トゥーが、そんなやつだったなんて」

エリンもうなずく。

「早く答えなければ、法廷侮辱罪ですよ」

「ハイ……でも」

使用人の手で革の鞭がしなる。

「どうやって殺したのかなら答えられます」

「そうか。そうしなさい」

「ハイ……首をこう、ひねって……そのあと手首を木に縛って吊して……脚を折って歩けないように……それから全部の腱を切って……それから……」

「もういい！　残酷な性質を示すだけだ。なんで殺したのか、もう一度聞きます」

「もう一度、どうやったかお聞かせ願いたい」

長老がくわしく調べようと言った。

「ハイ……」

がらくたのように手足から脱力して、腹にも力が入らない声でトゥーは返事をした。

「残酷な手口で……オイラ、殺した……。残酷な手口で、どうしてもそうしたかった。オイラを殺してください」

「そうするかは、返答しだいで決める」

「ハイ……」

使用人が鞭を鳴らせた。

「これから聞くことは記録として残る。君もそのつもりで話しなさい」

「ハイ……」

「どうして残酷な手口を望んだのですか」

「そうしたかったから。でも後悔した……オイラ、もう駄目だ」

「駄目かどうかもこちらが決める。なぜ残酷な殺し方をしたのか」

「それは……殺したかったから」

「よし、記録！」

使用人は長老を見た。

長老は白いひげをしごいて、悲しげな様子だ。

「有罪！　刑を処す。右の者、慣例にならいしばり首……」

「待て！」

「有罪なのは確実です」

「わかる。だが、しばし待て」

考えごとでもするように長老は席を立ち、そのまま戻ってこなかった。

「閉廷する。裁判はこれまで。刑の執行は長老の許可なくしてはできないので、後日連絡する」

「なんだよ……」

人々は口々に叫びながら去っていく。

さげすむようにトゥーを見た者もいれば、砂をかけていった者もいた。

「半殺しにしてやる」

あちこちで唾棄する音が聞こえた。

「いくら子供でも、人を殺してぴんぴんしててよ」

「いやだ……」

「死刑にすべきだろう。なにを考えてらっしゃるんだ、長老は」

「さあねぇ」

トゥーは椅子から立ち上がり、前方を見て愕然とした。

ユーイがいた。

手にはロケットがある。

「返すわよ。あなたのものでしょう」

「でも、両手が縛られて……」

「かけてあげる」

鎖を首にかけ、金のロケットを胸もとに入れてやると、ユーイは大袈裟にため息をついた。

「どうして殺したの」

「言えない」

「私にだけ、教えて」

「言えない……」

「どうして?」

「どうしてもこうしてもないよ。だってオイラ、人でなしだもん……」

「人を殺したなんて信じられないけど、どうやら本当みたいね。このあたりから、なにか血生臭い臭いがする。でもなぜ」

「今からでも遅くない。助命嘆願しろ。おまえ、トゥバロスの人間だって? オレが言ってやる」

「それは……うっ……うぅ」

初めて涙を流してトゥーはのどをつまらせた。

「オイラがしっかりしてなかったから、だから妹はあんな死に方を……」

「え？　妹……」

「オレ、記録しておこうか」

「頼む……だれにも言わないでくれ」

「非公式の裁判だ」

　記録書を閉じ、バロイは残念そうにうなずいた。

「オイラ、知らなかったんだよ……妹が領主様の荷車に乗って遊んでいたなんて……小さいから、目を離したらいけなかったのに」

「正確にはいつごろの話なの？」

「昨日……なわけないよな」

「ああ、もうじき一年経つよ」

「一年前か。それから？」

「もう駄目だ。あとで兄ちゃんも逝く……」

「トゥー、しっかりして。バロイ、尋問はやめて」

「おとなしく聞けっていうのか。なんの話かもわからないのに」

「でも」

「いいか、犯罪者の口車に乗るな。立派なことを言ったって、しょせん人殺しだ」

「あなたには、なにもしていないじゃない」

そっぽを向いて、バロイは黙った。

トゥーは必死で瞬きをしている。

呼吸が浅い。

なにか言いたそうだが、言葉にならない様子だ。

「いい？　よく聞いて。あなたはちょっとおかしいわ。錯乱しているのよ。落ち着いて。それから息を深く吸いこんで……そう」

胸をふるわせながら息を吸いこむ少年に、遠くから見ていたエリンが近づく。

「大丈夫？　怪我をしていない？　冷たくなっているよ」

エリンがトゥーの指をこすって言った。

瞬間、身を硬くして、トゥーはエリンから遠ざかろうとした。

「どうしたの、トゥー」

トゥーの瞳は小さく収縮してしまっている。

おびえているようだ。

「なんで？」

エリンもさすがにおかしいことに気づく。

あとずさりしたトゥーは、壊れたからくりのように、ふるえが止まらない様子だ。

奇声を上げ、のたうつ彼を引きずるようにして使用人が連れていった。

「あれでは……まるで狂犬病みたいだわ」

「口から泡をふいていないだけで同じだろう」

「白目はむいてた」

「ギリギリなのか、それとも限界を越えたのか」

「ギリギリだと思う」

「とっくに越えているほうに賭けるぞ、オレは」

「泡をふいたらね、僕も」

トゥーを見送って、バロイとエリンはそう話した。

「二人とも、そんな話はやめて」

「ユーイは」

「お姉さんは？」

「なに？」

「本当に今の彼と話ができると思ってる？」

「できるかもしれないじゃないの」

「まだ……信じられないよ、僕は」

「あれは、まずい」

「まずいよね」

「私だって、少しは危惧しているわよ」

林の中で風がふるえた。

それが彼の落とし穴だった。

武器の鳴る音。

木と葉がこすれ合うざわめきと、小枝の折れる音。

最初は……飛びかかってきたのは、トゥーの右側からだった。

トゥーは叫んだ。

『オイラだ！』

『トゥー？　なんだ、いるじゃないか』

枝を切り払い、進み出たのはオルリー直属の部下ヨウだった。

彼はかぶっていた兜を脱ぎ、長い黒髪を邪魔そうに振った。

『ヨウ、オイラがここにいるのは黙っていてよ』

『それはできない。オルリーに連絡する』

息を呑んだトゥーの向かいから、ルイが現れた。

『なんだ、ヨウ。ちゃっちゃかつかまえたのかよ』

実直な感じのする弟とはかけ離れた、軽い口調の青年だ。

ルイもヨウもよく似た顔をしている。

『ルイ、メイを呼んでくれ』

『おっ、オルリーが捜していたトゥーちゃんじゃねえか？　へっへー、こんなところで出会うとは、運命感じるぅ』
ルイの軽薄な言葉に、ヨウが秀麗な眉をひそめた。
その表情をすると、綺麗な美男子が陰りのある貴公子になる。
『ルイよ、メイは?』
『北のほうだろ、たぶんなー。ほらほら、オイラと遊ぼうぜー』
ルイは高い腰を二つに折って屈み、トゥーのほっぺたをつまんで左右にひっぱった。
『いい加減なことを言うなよ、ルイ。メイ!』
遠くで声がした。
『……あい、兄さん』
『こっちだ! メイ』
ヨウが指先で彼を手招いた。
しげみの奥から、ちょうどはすから見て北側に神秘的な瞳の若者が現れて返事をした。
『兄さん、あ、トゥーが見つかったんですか』
黒髪は滝のように腰まで流れている。
邪魔くさそうにも見えるが、これが三人兄弟のトレードマークだ。
『捜しているのは、あやしいやつのはずなんですがね』
無表情だが、唇の端がゆがんでいた。
それはメイの苦笑だ。

三人とも同様の美しい顔をしている。

そう、三人は三つ子だった。

いずれも自警団の制服を身につけて、ナイフで枝を切っていた。

領主の館の林では、許しがなくては出入りも許されない。

肩をすくめてヨウは、

『どうするよ』

二人を見た。

『あぁん？　こいつを捜してるのはオルリーだぜ。オイラにゃ、かんけい、にぁーもんにー』

『どうしましょう。黙って見過ごすわけには……いきません』

同じ顔が別々のことを主張した。

『折衷案だ。ここいらで侵入者がいないかを見張っていた、ということにすれば……』

三日の間か？　とルイが言い、確かに不自然すぎるとメイが首をかしげた。

ヨウは頭を抱えた。

ルイは肩を鳴らしてトゥーに近づいた。

『しっかし、つぶらな瞳だことー。にぁー、オイラの目潰し、くらってみない？』

唐突な行動を取りたがる兄に、ヨウはよろけた。

『よせよ、兄さん』

ヨウがルイの肩をつかむと、ルイは鼻で笑った。

『青筋たててるよ、こいつ。うっそ！　からかってるだけのハナシっしょが。本気でするかよ』

メイが棒立ちのままヨウを見た。

『あのう、兄さんの話し方からすると、そういうときは要注意なんですけど』

『あっそう、君ねえ。いっつもそうやって分析するの。かわいい顔してずいぶん見下してくれちゃって。兄だよ、オイラ、かわいそ』

ルイとメイの二人が訴えるようにヨウを見ると、思わぬほうから謝罪の声がした。

『ごめん……』

木の陰でふるえていた小さな影。

不穏な要素など、そこには皆無だったのに。

そのとき、三兄弟のだれともなく、ナイフの柄を握る手を緊張させた。

『本当にごめんよ……』

ヨウがかまえを解かずに少年に近づいた。

少年の手の中で鉄線が鈍く光った。

『よせよ、そんなもの……三日間くらい、怒ってねえよ。だってさ、親みたいなもんだろ、オルリーは……。心配、してたんだぜ』

ルイは精一杯、平静さを保とうとするように言った。

唾を飲むヨウに、トゥーはただ首を振って一歩、近づいた。

『よせって！　おまえ、仲間に、なんってそんな、殺気、かもし出してるわけ？　オイラ、やられちゃうよん？』
あわてたルイがおよび腰で、叫んだ。
『ルイ……！』
ルイに注意をうながしながら、ヨウはメイを見た。
うなずいてメイは、道をゆっくりと引き返し始めた。
ヨウは身を盾にしてルイをさがらせる。
ゆるやかに……破滅のときは近づく。
『ごめん、だけど本当に……ごめん』
少年のつぶらな瞳は正直だった。
ところが次の瞬間、まなじりはつり上がり、三白眼となって三人に対峙していた。
『駄目なんだよ。今……人に会ったら、殺しちゃうよ。だから一人でいたのに……』
『ひぃっ、オ、オイラ知らねえーっ。おいっ、退けっ』
退いた二人のかわりに男たちが現れた。
メイが呼んだのだ。
ヨウはまだ幼い友人を失うのを覚悟した。
だが、悲鳴はかれらの身近でしたのだ。
『うぎゃぁっ』
『がっ……』

『はぁ……っ、ああーっ』

草むらに倒れ伏す人影は、異口同音に断末魔の叫びを上げ続けた。

どこにそんな力が、とのつぶやきを葉ずれの音が消した。

そして、惨劇。


両手両足を縛られて、木に吊された彼にヨウが、調子に乗ったな、と声をかけた。

『さしずめ暴れ牛、じゃねえ、暴れ子羊ちゃんだな』

ゆれている少年の体は赤黒く血に染まっている。

近くの木に身をこすった跡があった。

『この状況でものが言えれば、兄さんらしくて涙が出ます』

『なーぜよ？　オイラ、的はずれなこと言ってねーぜ』

ヨウが冷徹な瞳で流し目をくれて言った。

『そういう的はずれな発想ができる理由が知りたい。今度、その秘訣を教えてくれよ、ルイ』

周囲は飛び散った血で臭気が漂っていた。

『オイラだって、決して微笑ましいたぁ、思ってねえさ』

取り囲んでいた輪から一人ぬけ出て、ルイは近くを行きつ戻りつした。

惨劇の舞台は広域で、林全体に渡っていた。

それだけ逃げ回る者がいて、それだけ追い回す者もいたということだ。

ルイが自分の肩口に頭を埋めている死体をゆすってみると、完全に首の骨が折れていた。

『残念、一人でも生き残っていりゃあ、助命嘆願してやったのによ……』

シガレットに石火で火をつけると、ルイは眉間にしわを寄せて煙を吐いた。

横から奪って、メイが、

『兄さん、林は禁煙ですよ』

『よく吸えるな、こんなもの』

ヨウも近寄る。

『血の臭いに混じっちゃって、それはそれはダークな味さ』

そんな言葉がふいに出るほど、被害は甚大だった。

なにせ自警団の半数が犠牲になったのだ。

あちこちで、モスグリーンの制服が静かに沈黙していた。

いずれも血に汚れて、爪は泥をかんでいる。

木の幹にかじりついて、生爪をはがした者もいた。

あらぬ方向へと折れ曲がった手足を、木片で刺された者もいた。

一人として起き上がる者はない。

にがい顔をしたヨウが、ルイの吸いさしたシガレットを一回だけ吸って、

『ああ、ほんとだな』

同じ煙を吐いた。

『返せ』

『本日限りでシガレット禁止令が出た』

指先でもみ消された細身のシガレットを恨めしそうに見て、ルイは一言つぶやいた。

『革命起こしてやるからな、あとで見てみろ』

『そりゃ必死だな。兄ちゃん』

それから三人は、ぐったりとしたトゥーを麻の袋につめて回収したのだった。


「オイラ、少しも怖くなかった……自分のしたこと、していること……全然、なんにも感じなかった……どこか遠くで自分を見ているように」

ぐったりとした体を、椅子に縛られながら、トゥーは言った。

顔は薄暗くてよく見えない。

明かりとりの細い窓が、空気も通す役目をなしている。

石積みの館、その裏手にあるのが牢屋だ。

「トゥーはわかっていたの？」

ユーイが館の牢に入って、トゥーの状態を確かめた。

「なにをしているか、なんにも感じていなくても、知っていたの？」

そのとき、牢の外で青年の声がした。

「どいつもこいつも、おしゃべりでたまんねえよ。こいつをよ、どうすりゃいいんだ？」

トゥーを椅子に縛っていたヨウが牢から出て、居丈高なルイをたしなめる声が聞こえてきた。

「シーッ、静かに」

石造りの牢はかなり音が響き渡る。

「あ？　だってどうすりゃいいんだよ」

ヨウとメイがルイを押さえこんで、床に倒すのが格子ごしに見えた。

「ユーイさん、しばらくしたら戻ってきますから、そのときまでがんばってください。どうもトゥーは、あなたに話したいことがあるらしい」

「君にだけ話すみたいだから、特別だ」

ヨウとメイが、ルイをひきずるかっこうで去っていく。

「あんたも大変な役目を持って生まれたなぁ」

最後にルイが言って、三人は牢の扉を固く締めた。

「いてぇよ。お兄ちゃんの腕、もいじまう気か」

「さあさあ、シガレットなら外でな」

「よっしゃ、禁止令が解けた！」

「兄さん、あれはうそですって」

「まあ、禁煙は続けないと意味がないが」

「本格的に禁止しては？」

「ひでぇ！　おまえらは鬼だっ」

遠ざかる声が、表への出入り口の閉まる音とともにかき消えた。

三人のやりとりが聞こえなくなると、一気に空気の重みが増した。

うるさい声がしなくなったというのに、その場に残った二人はしばらく無言のままだった。

「あ……聞きたいの」

ユーイが声をかけると、ようやく相手は顔を上げた。

「オイラも……話したい」

「じゃあ、さっきの話だけど」

「うん……」

その声は頼りなかった。

「あれはオイラが、もう一人前気取りでいたとき……いつの間にかエリザが……エリザベートっていうんだ。ふ、ふっ」

「なにがおかしいの」

「だってエリザベートって作り話にしか出てこない名前だろう。昔話が好きだったんだ、親がね」

「末の娘《こ》でしょう。いつかお見舞いにいったわ。おねえちゃん、おねえちゃんって言って、よくなついてくれた……あの子が？」

どうしたの？　と彼女が首をかしげると、トゥーはうめいた。

「どっちにしろ世界は貧乏な子には厳しかった。荷車が倒れて……エリザは下敷きに、でも最後まで聞いてくれよ。エリザは生きてた」

「死んだんじゃ？　だって、さっき……言ったじゃない」

長いため息がトゥーの口からもれて、涙まじりのような鼻声になった。

「うん、生きてたんだ。あいつが救いあげてくれていれば……」

「荷車が……ひっくり返って、どうしたの？」

「……領主は荷が大事だと言って、オイラの妹は後回し、そして死んだんだ」

「そう……」

「そしてね、オイラも死ぬんだ。だってエリザが死んじゃったんだもの。オイラだって死ぬぜ。ねえ、そうじゃない？」

薄暗がりの中で、彼は笑った。

「そうね、だれでもいつかは死ぬものよ」

「うん、エリザは死んでない。うん、でも死んでる」

悲しみが彼を錯乱させている、彼女はそう感じとって息継ぎをした。

「愛してたのね……」

「愛して……？　変なユーイ……愛するのは自然だよ、兄妹だもの」

「でも、それだけ？」

瞬きの間に、彼の膝に涙のしみができた。

「それだけじゃないよ。後悔、してるよ……愛したことは後悔してない。でもさ、強くないお兄ちゃんでごめんよ。助けられなくて……」

最後はすすり泣くような声で、嗚咽まじりだった。

「それで、どうして助けられなかったの」

「荷車は重くて、散った荷を積み直すのに時間がかかった。妹にまで手が回らなかった。貧民の子なんか助けられなくて当然みたいに扱われた」

「どうして？　積み荷を積むには荷車を立て直さなくてはならないわ。妹さんは助けられたんじゃない？」

「積み荷の下敷きさ。そして血が垂れて荷についた。それを領主はなんて言ったと思う。荷を汚しやがって、だと」

「もしそれが反対にあなただったとしたら、あなたは死んでおわびをするべきところね」

「母親が……死んだ妹のかわりに……握ってきたお金は……あれはたぶん妹の代価なんだ」

トゥーは首を振った。

「これ以上、話したくねぇ……どっか行ってくれ」

「秘密は守るわ」

「でも駄目だ」

「そんな……」

「初めから……あんたはオイラの味方だった。だから話したかったんだ……ユーイ。でもこれから先は話すことはねぇ……もう駄目だ」

いつになくその声はしっかりして聞こえた。

かえってまがまがしいものにも思えたものの、ユーイはなにも言わずに牢を出た。

彼女にできるのはそこまでだった。


「えっ、そうなのっ」

エリンがまず最初に驚いた。

「そうみたい。なんとかしてやりたいけど」

ぴんときた顔でエリンが、

「でもさ、一応念のために言っておくけど、僕から言っても長老は動かないよ」

「どうする気だ、ユーイ」

表で待っていたバロイとエリンに、ユーイは渋い顔で意見を求めた。

「全然わからないわ。あなたたちは、どう思う？」

「それじゃさ、なんでトゥーが人を惨殺しなくちゃいけなかったとか、聞かなかったの」

「あ、それは聞いてないのよ」

「駄目じゃん、お姉さん」

「そんな気分じゃなかった」

「とにかく、領主がしたことが引き金じゃないかな。おじいさまに言う？　言いつけるって意味だよ」

バロイがすっきりと受け流し、

「どっちにしろ、あいつはそういう運命だったんだろ」

後ろ髪をなでた。

「あんまりよ」

「あんまりか？」

「そうよ」

「そうは思わないけどな。よく考えてみな。なんで、オレたちがあいつのために骨を折ってやる必要があるんだ」

「あなた、彼に救われたの、もう忘れたの」

「これだからお姫さまは」

ユーイはまなじりをつり上げた。

「なん……」

「育ちがいいって意味さ」

鼻先に指を突きつけられて、ユーイは言い返す。

「へえ、お貴族さまに言われたわ」

「へぇ、貴族……ちなみに僕は首長のひ孫さっ」

意味もなくエリンが胸をたたいた。

「わかった、わかった。どっちにしろ最初からオレは関係がないし、どこかよそへ行くぜ」

「あっ、そうですか。では今までもどこかへ行ってなかったことにしましょう」

口調が変わるのは、ユーイがいたずら心を起こしているときだけだ。

感づいたバロイがふと言葉に出してしまう。

「やっぱり、あなたは怖い人だ」

「はい、そのとおりですよ。離反は許されません、いいですね」

意地悪くほほ笑む少女から目を背けたバロイの耳朶は、ほのかに赤く染まっていた。

「そのかわり、状況は変わってないぜ。ともかく、やつを助けよう」

「助けるのっ？」

すっとんきょうにエリンが叫ぶ。

「シッ」

ユーイは唇に指をあてて周囲を見渡す。

「いつからそんなことに……」

エリンとユーイが一緒にささやいた。

「でもそうしたいんだろ」

バロイの勝利だった。

「よくわかったね。僕だって、トゥーはとっても見捨てられない」

「ああそうだろうとも。やつがいなくなったら治安が悪くなってしようがないぜ。とくに騒音がな」

「悪かったねぇっ」

「わかってんのかよ」

「違うよ、音楽に対しての皆のセンスがないの！　他の人がわかってないのっ。わかる？」

「わかるはずねえだろう……」

バロイは実際に被害者なのだ。

決して噂などで判断しているのではない。

バロイは控え目に『騒音』と言ったのだ。

「確かに……人のせいにばかりもできないわよ。だってあなた、音楽や歌は人を楽しませて喜ばれるのが仕事よ」

「じゃ、お姉さんまで？　僕が音感が悪いっていうの。ひどいよっ」

しまった、というようにユーイは口を開いた。

「そこまでは言わないけど、確かに人の評価を気にしてないわよね。あなたの音程」

後手後手だが、本当のことがにじんでしまっている。

「あっ、でっ、でも私はユニークだと思うわ」

本当に後手後手だった。

「それジョーク？」

「ううん、本音」

「ちょっと、私の声色使ってとんでもない話し方をしないでよ、バロイったら」

とっさに方向転換をしてしまうバロイを責められない。

「よっしゃ、行くか！」

「どこへ？」

「牢屋の中の王様にさ、会いにいこう」

「王様？」

エリンとユーイは顔を見合わせた。

「そうだろう、王様だよ」

「どうして」

なぜか照れくさそうにバロイは頬をかいた。

「言ったら怒るかな……」

「じゃあ言わないで」

「怒る？」

「言わないで！」

やけに嬉しそうにバロイが声を弾ませた。

「言おう。鏡に映ったら威張るタイプだ、たぶん。俺のトゥバロスでの師がそうだった」

「だれ？」

エリンが不思議そうにバロイを見た。

「あいつ」

「トゥーが？　ふーん、そうかな」

「そうさ。鏡の中では違う自分がいるって思ってる。そんな人間が、もう一人の自分を持つことができるんだ」

「もう一人の自分なんて、センスないわ」

「もう一人の……自分。僕の記憶違いでなければ、それはセンスの問題じゃない」

「えっ」

聞き返したユーイに、落ち着き払った口調でエリンが言った。

「それはセンスじゃないよ」

「そうなの？」

「それは時間とともに風化していく、魂の痕跡だよ」

「くだらないな！」

咄嗟にバロイが否定し、エリンはそれをにらんだ。

「自分が言ったんじゃないか」

「もう一人の自分ていうのはだな、自分以外の人間が認めやしない自分、いわば幻想だ」

「それは違う。幻想でもそこにあったんだから、本当なんだ」

バロイはイントネーションを奇妙にゆがめて、発音した。

「詩人には勝てんな」

「いつか、きっとあんたにもわかる」

「迷信か……リィはそういうところだったな。そういや」

赤い髪はリィ族に多い髪だ。

ようやく気づいたようにバロイは目の前にあるエリンの髪をすくった。

「そういえば、気品のある顔立ちだ。首長のひ孫、か。麗しいな」

「褒めても、なにもやらないよっ」

エリンがその手を振り払った。

「褒めてるんじゃないさ。実際に、客観的に意見を述べたまでだ。あいつもディグダグ総統に瓜二つだ」

残念そうにバロイが言う。

本音をはねつけられるのは心外なのだろう。

怒った顔つきをしている。

「そういえば、あんたにリィ族の掟を話したっけ？」

「変な掟じゃないだろうな」

バロイは先ほどのなごりなのか、ものすごくいやそうにした。

「ううん。好きな人と恋人宣言したら、一生一度の恋をしたら、そしたら一緒に死ぬときは天界でも一緒になれるんだよ」

バロイは真剣に、エリンを遠ざける。

「連れていかれたら困る。エリン、これからユーイに近づくな」

「ちょっと、勘違いしないでよっ。確かに一緒に死んだら天界で一緒になれるけど、心中は駄目なの！」

あわてたエリンの顔は真っ赤になっている。

「ほほう、それじゃあしかたがない。一歩半退いて歩けば、後ろをついて歩くくらいは許す」

「どうしてさっ、僕はいくらでもお姉さんにくっつくよ！」

「決まってるだろうが。妊娠したら困るからだ」

エリンは絶句した。

唇の上下が半開きだ。

「にん……っ？」

「ち、ちょっと子供に対してそんな言い方は……。はっ、そそ、そういう意味じゃなくてっ、エリンッ」

エリンは半べそだ。

「お姉さんの、いじわるっ。どーせ僕はまだ、ちっちゃいよっ」

「そうじゃなくてーっ」

きっぱりとけじめをつけようと、エリンは背伸びをしてユーイに対峙した。

「そうでしょ、今はどっちかに決めなくちゃ」

「どっちって……」

「助けに行くか、ここでこうして時間を潰すのか！」

「あ……そういうこと……」

「そーだ！　決めようよっ」

バロイがユーイの勘違いに気づいて、本気で手を打った。

「そいつは賛成だ。どっちかに決めよう。こいつかオレか」

「だーかーらー！　あなたって人はっ」

エリンは必死で考えているようだが、話が頭の中でこんがらがっている様子だ。

ユーイが草木色の髪をかき乱した。

「もういやっ」

エリンは大事なことを思い出したように、

「お姉さん」

と言って彼女の背後を指さした。

ユーイが顧みると、一人の女性が今来たばかりらしく、息を弾ませていた。

「なんだ、その人は」

「お姉さんのお知り合い？　僕、知らないよ」

「え……と」

よく見ると、トゥーの母親だ。

「あ……あの、息子は……」

ほつれた前髪を押さえて、その女性は静かに頭をさげた。

「ああ……トゥーのお母さま」

ユーイはバロイとエリンの手前もあって、簡単に説明した。

「こちら、トゥーのお母さま」

二人は異口同音に疑問符をぶつけた。

「トゥーの……？」

「似てないな」

「は……ぁ、あの子はどこなんです？」

彼女は困った顔の三人を見て、不安げに周囲を見回している。

「それはいいとして、なんで親子でこう仰々しいんだ？」

バロイが、ぼそりとつぶやいた。

「とにかく牢へ」

ユーイが示した先に、牢屋へのじゃり道が続く。

舗装されていない。

「えっ、牢屋にいるんですか。息子はどうやって人を殺したの？　信じられない」

彼女は身をもむようにして、にじり寄り、ユーイに尋ねる。

その姿は、大袈裟なようにも、この場にとても不似合いなようにも見えた。

「やっぱり、親族には知らせない方法をとったのね」

三人は彼女から距離をとり、話し合った。

「やるな、長老。味な……いやともかく、親と話して気力を取り戻すかもな」

「すべては公になっているのに、親だけ噂程度のことしか知らないんだ……」

そのとき、ヨウとメイが牢番をして、ルイは見回りをしていた。

落ち着きのないルイには、動き回る役目がぴったりだ。

ルイが三人の話しているところへ通りがかり、気軽に声をかけた。

「よお、ぼうずに会いにきたのは友達だけかよ？　あっと、そちらは？」

「母です……トゥーの」

「おっ、や……こいつは失礼。トゥー君にはいつもお世話になってます」

「まさか……末席のあの子が」

「いやぁ、靴下をつくろってくれたり、それから破けた服を縫ってくれたり、ハンカチとチリガミを渡してくれたり、それはもう」

「そ、そうですか……」

彼女は陽気なルイに押されぎみだった。

うつむきぎみで言葉も少ない。

ほつれた髪が肩に落ちて、柳のような影を作っていた。

「トゥーっておかみさんみたいね……」

ユーイが言うと、おっ、気がついたかい、とルイがはっきり言った。

「ちぇっ、オイラもトゥー君みたいなお袋さんが欲しいよ。彼が末席なんて、そりゃもう天地がひっくり返っちまわぁ」

「えっ」

驚きを隠せないトゥーの母。

「そりゃね、役立たずとは言われてましたがね。最初からあれやこれやをこなせるわけないってのが正直な話で。まあ、よくできたほうだったな」

調子のいい弁舌である。

「まあ……」

それでも、彼女の瞳は不安そうで、見ていられない。

「そんなわけで、今回のことはなにかのまちがいだったと思う。それから……ここ一年間、あいつを見てはきたけど、思いつめてたみたいで」

「え……」

言いかけながら、相手を落ち着かせるようにルイが言う。

「生意気な返事はしたことがない、これ一票。言い訳はしても本当のことだけ、これ一票。鍛練を欠かさない、計三票。オイラ、入れたね」

わずかにほっとしたように、トゥーの母親はうつむいた。

ルイはそっと慰めるように、肩に手を置いた。

気安すぎる彼のそんなしぐさも、ここでは効果的だった。

「頼むよ。お袋さんでないと、固い心をほぐしてやれないだろうし。なんか気がついたら、なんでも相談してくれよ、な」

あふれそうになる涙を、トゥーの母親はぐっとこらえて、ハイとうなずいた。

「自警団の詰め所にはヨウとメイがいるから、そいつらにも頼ってくれていいぜ。じゃ」

きさくに手を振ると、ルイはまた巡回に戻った。

「ああ、そうか……なんか、わかったよ。実はかわいがられてたんだ、トゥーって」

目をきらきらさせて、エリンが品よくうなずいて言った。

「そうね、よけいな人なんて、この世にはいないの……」

ユーイが言うと、トゥーの母親は控え目に言った。

「あの子が恐ろしい行いをしたという噂が、あたしをさいなみます。どうか……見捨てないでやって……」

ユーイはゆっくりと言葉を選んだ。

「なんて答えたら、お慰めになるのか……わかりませんが、ともかく味方がここにいるのです。あきらめないで、助命嘆願を……」

「ええ。実は……突然ですけど、母親が違うんです、あの子……。だからそれを苦にしてこんなことを……だったら、あたしがいけない」

「え、じ、実はって……え？」

トゥーの母親の告白は続いた。

「実は夫が移民してきたときに、抱えてた子なんです。それをあの子、どこかで知ったんだわ」

驚いたのはユーイたちのほうだ。

「話してください。またなにがあったか」

彼女は首を振る。

「かえってあたしがなにか言わないほうが、あの子の心を救うかもしれません。だから、言わずにおこうと思います」

エリンが首をかしげた。

「でもそれじゃあ、話にならないじゃない？」

ユーイがやさしく尋ねる。

「確かに。……おばさま、ヒューイックさんはお元気ですか」

「ああ、あの人はいつでも元気ですよ。元気すぎるくらいで。でもあの子にはいつも冷たくて……」

ほろり、と涙を流す。

それを見てユーイは胸が締めつけられた。

「ヒューイックさんてだれ」

「トゥーのお父さんよ」

「驚いたな。ヒューイックか、まちがいないな」

「それがどうかしたの」

「トゥーは義理の子ということだが、トゥを冠する名のとおりだ。トゥバロスの……王子に違いない。もしくは……王の妾の子、か」

「なんで？」

「つまり、ヒューイックというのはトゥバロスでの母親がわりの男性をさす言葉だ。しかもそれは王家お抱えの従者に限られている」

「論旨は明解だけどね、それは違うよ。トゥではそうでも、イルでは『もの知らず』っていう意味なんだ」

エリンがからかっていたずらっぽく笑った。

「エンでは『もの知らず』ではないけれど、確か『関わる人間』くらいの意味よ」

「これだけ違うと迷いが生じるな」

さすがにバロイも辟易とする。生来、生真面目なのだ。

「確かめてみよう」

「でもお母さんでも言わないことを、トゥーが自分から言うと思う?」

エリンが言った。

「そうはいっても、どうしようもないな」

「ようするに……」

「うん、トゥーが自分から話すかどうかよね」

「あの子はなにも知りません。あたしだって知らないんですよ」

絶望的だった。

「一つ聞いていいですか。移民というのはどこからです、ご婦人」

「ええ、どうも……遠くからで……」

「ありがとうございました。ユーイ、ちょっと話を聞いてくれ、な」

飛びついたのはエリンが早かった。

「なになにっ」

「おまえはいい」

「エリン」

ユーイがたしなめると、赤毛が金粉をふいたように陽に輝いた。

「ぶぅーっ」

かまわずバロイはユーイに聞く。

「長老がなんて言っていたか、覚えてるか？　どこからの移民だったか」

「うん……確かトゥバロスって……あっ」

「違いない。するとヒューイックの意味は？」

「トゥバロスの解釈が正しければ、彼は王の子供……ということに」

「正解」

だが、疑問はまだあった。

「裁判で、長老はあいつに敬語を使っていた。それはなぜか」

「トゥバロスの王族だから？　でも、それは……気のせいじゃない？」

「トゥバロスの王族を手のうちに置いておいて、なにができる？」

声を潜めた二人の間に、大きく見開いたお互いの目が映った。

とっさに口を押さえた二人にエリンが、

「政治的な手駒になる……かな」

ユーイが喜ぶ。

「エリン！　すごい、わかったの」

「まさか。話だけ聞いてて思っただけだよ」

「鋭いわ」

「そういう話なの？」

「いかにもだ」

胸をはってエリンが得意そうにした。

「だったら、エリン・リィ・イルの口弁を聞かずに話は始まらないよ。だって僕のおじいさまは、僕のお母さんに救われたんだもの」

「なんだと？　なにか関係あるのか」

「あるわけない」

「だったら口をはさむな」

「でも、ドラマチックだろ？」

「迷惑もはなはだしい」

払いのけられると、むくれてエリンが悔し紛れにこう言った。

「あっ、そう言うけど、君のとこの悪巧みはもう、おじいさまにはわかってると思うけど」

「それについてはもう話したよ。解決ずみだ」

「もう話したの？」

すっとんきょうなエリンの声が、二人の耳を至近から直撃した。

「なんとも勘違いの多いお国柄だな。それとも血筋か？」

耳を押さえながら、エリンのほうを向いたバロイが皮肉に言った。

「本当に戦争をするのかい？」

「戦争か……できれば穏便にいきたいところだけどな。エンにその気があるならしかたがない」

「トゥバロスはその気でしゃべってるのかい」

真剣なエリンの眼に、バロイの視線がおよいだ。

「その気じゃないほうに賭けるぜ」

「じゃあ、説明してごらんよ。どうしてあくまでも戦争が基本になっちゃうのか。イルにはよくわかってるよ。エンが邪魔なんだ」

「邪魔かどうかはこれからだ」

「あんたは間諜ってことかい」

「……」

「だから計画的にお姉さんに近づいたんだ」

「違うっ」

「せっかくだけど、だまされないよ。僕はお姉さんの味方だからね」

「イルは後進国のくせに、大胆だ」

「そっちこそ、経済的にエンに頼っているくせに、切り離すなんて残酷だよ」

「な……だれが切り離すって？」

「歴史が語っているよ」

「そういう話じゃないでしょう、二人とも」

「話すだけ無駄だったな」

バロイの視線を落としてのため息に、エリンが激怒した。

「もちろん、こっちだって時間の無駄だったよ！」

エリンにはいま一つ理解が及ばない。

バロイはエリンよりも戦争を憂慮していた。

だからこそ、ユーイを希望としているということにエリンは気づかない。

ユーイは、いつの間にか蚊帳の外だったトゥーの母親を思い出した。

「あの……トゥーはどこに」


「トゥーのいる牢屋はここです」

ヨウとメイがきしませながら木の扉を開けた。

縛られたトゥーは、顔を上げるやいなや、吠えた。

「なん……だ？　あんたなんか、顔も見たくないっ」

トゥーの母親に動揺が走った。

「どうして……？　お母ちゃんよ」

「あんたなんか、母親じゃない」

金切り声で、とっさにエリンは叫んだ。

「どうしてだよっ。お母さんに、なんでそんなことを言うのっ」

「だまれ、あんたが大切なものを奪った。あんただけはっ……」

うなだれたエリンの肩をユーイがやさしく抱いた。

エリンは、泣いているトゥーに近づいた。

鍵をはずしたヨウが、中へ入って縄を解くようメイに言った。

明かりはなかったけれど、涙が鈍く光を反射していた。

「近づくなよっ」

「どうしてさ」

「どうしてもさ……」

顔を背けたトゥーに、エリンが傷ついた表情で屈み、トゥーを見上げた。

「ねえ、お姉さんにだって話したんでしょう。僕にだって話してよ」

「ちくしょう……ちくしょうっ」

トゥーは頭を激しく振って、エリンの言葉に抵抗を示した。

椅子がひっくり返らんばかりに、脚をがたつかせている。

縄をはずそうとしていたメイが、振り返ってヨウを見た。

興奮が続くと、トゥーがなにをしでかすかわからない。

格子の向こうで首を振るヨウと、うなずき返すメイ。

「縄ははずせないですね。この分だと」

格子の外へ出たメイがごちた。

そのときだった。

ずっと控え目だった婦人が割りこんで、トゥーの頬をはたいた。

「なんてこと言うんだい！　この子は。あたしはね、あんたが自分の子供だと思うからこそ、こんな牢屋くんだりまで来たんだよっ」

そうだよ、とつぶやくエリンのそばには、ユーイが立っていた。

うなだれたトゥーの頭には、夏の草がからんでいた。

それをつまんでとりのけてやると、婦人はため息をついた。

泣いているようだ。

「なんでそんなことを言うの……お母ちゃんよ。あんたのお母ちゃんよ」

「じゃあ……」

暗い声に、婦人がみじろぎして、その顔をのぞきこんだ。

「うん？　なんだい」

「じゃあ、なんでエリザを売ったんだ！　あんな金で。たった一枚の貨幣で！」

「えっ」

「エリザをあんたは殺したんだ。勝手な自分の都合で犠牲にしたんだ！　あんたはエリザの死を汚したんだ」

「違う……絶対に違うよ。なにをそんなに……、だから自警団に入ったのかい？　お母ちゃんを見捨てたのかい」

「見捨てやしないよ。子供があと五人もいる。できれば、そのうち全員が働けるようになるまで、オイラも家計を助けたい。でもそれとこれとは別だ」

「あんたは領主さまに恨みを持ったのかい？　それであんなことをしたの？　それじゃあ領主さまはあんたが殺したのかい？」

「う……っ」

「そうなんだねっ」

トゥーはきつく唇を噛みしめ、唇の端から血が滴った。

「言えないよ……そんなことは。おてんとうさまが見ていない限り、だれも知らない……」

「この子はっ、ええっ」

「おばさま、早まらないでっ」

「そうだよ、信じてあげてよ。なにかわけがあるんだよ」

振り上げた手を婦人はゆっくりとおろし、もう片方の手で握りしめた。

「恐ろしいよ。あんたが……」

「本当の親じゃないからな」

「なっ、なにをお言いだいっ」

「そうだろ。お父ちゃんがトゥバロスの移民てことは知ってるよ。オイラがそのお父ちゃんの連れてきた子供だってことぐらい……」

「バカッ。いいかい、あたしはあんたを本当の子供以上にかわいがったつもりだよ。なにをそんなに……どこでそんな口のきき方を……」

「どこだって……あんたのそばよりマシだった」

「どうしてだい。あんなに、かわいがってやったじゃないの」

「それでもあの子を殺したんだ！　絶対に許さないっ……許すもんか……」

「エリザベートはあたしの子だよっ。どうしようと勝手だろ。あれはね、領主さまがわざわざお詫びしてくれたんだよ」

「やっぱりだ！　あの子を売ったんだ」

「なっ」

金属のこすれる音がして格子の扉が開いた。

「それとこれとは別だけど。いくらかわいがっても、大切なことを忘れちゃいませんか。彼は奥さんの娘、エリザベートを愛していたんだ」

ヨウが気持ちよく、弁舌さわやかに言った。

「そんなこと言ったって、死んだものはしようがないよ……。助けてあげたかったよ、あたしだってね。泣いたよ。あそこまで育ったのに」

「たったの五つだったよ……エリザは。遊びたい盛りの子供だった。でも、その子がオイラを助けて一生懸命、荷を持ってくれたよ」

表でなにか木戸が開く音がして、人々が振り返ったときには、その人は言った。

「やれやれ。ちょっと待ってくれないものか。いつ牢屋は相談所に早変わりしたのかの」

「長老っ」

「……ヨウ、メイ。おまえたちは外へ行きなさい」

「は、はい……」

きまり悪そうに二人は出ていった。

「あ〜あ、滅俸かな」

「しかたがないです……」

木戸が閉まる音がした。

第四章　開戦

「向かい沖の島の住人は手配しました」

「サン・ジュペリはオレたちの仲間です」

「ディグ・ノールもです」

「エン・タークはまだか」

「来てません」

「もういい、もうすでに戦闘準備はできている。あとは決起するのみだ」

「ディグダグさま、お忘れ物です」

腰を折った従者が、ささげ持った錫杖を頭よりも高く差し上げた。

そこに無造作にのばされた手が、錫杖をつかんで軽々と持った。

従者が全身の筋肉をふるわせて持っていたものをだ。

魔を封じる錫杖の音が、廊下に響き渡る。

「腰抜けめ」

錫杖の持ち主が従者を打つ音がした。

「やはりな」

列柱の陰から手伝いたちが見ている。

「ディグダグさまに向かってお忘れ物、とは……。あんたを試すために決まってるのにさ」

かれらの間に哄笑のさざ波が広がった。

トゥバロスの宮殿には、変わり種が多い。

ディグダグにしても、ディグ・ノールへの使者の派遣はあまりにも人を見下したやり方だ。

彼は故郷ですら、故郷とは、思わないようであるらしかった。

「いやだね、サン人はともかく、ディグ人は汚いから。ものを食べるのに、手を使うんだよ」

「お国柄だね。ディグダグさまも、お酒に酔うと手づかみでね……」

廊下でひそやかな噂が流れる。

広間には吹きぬけの、風が吹きすぎた。

黒く光る床面は磨きぬかれ、油をぬった鉄板のようだ。

「でも……」

結論はいつも同じであった。

「ねえ」

「どっちにしろ異文化人の世話なんて、骨が折れるわ。大学の人に手伝ってもらっても、人手不足には変わりがないし」

その首都の大学からきた、手伝いたちはこう論じていた。

「サンもディグも生け贄を差し出したんだろ。よけいな戦争はしたってしかたないし、ここいらへんでよけいな人員をさくのをやめてほしい」

「それでなくとも、あちこちの人質の世話で忙しいんだ……」

「バロイがエンから帰ってきたら、大学の講師にしてやるからって、世話を押しつけよう」

「早く帰ってこないか、あいつ」

豪奢な天蓋つきの寝台からシーツをはがして、かれらがベッドメイクまでしている。

「おーっ、終わった。骨が折れる。毎日やってるお手伝いさんも大変だってわかったよ」

「これから手伝いさんには、横柄な態度はとれないな」

「やってみてわかる苦労だなあ」

無駄に所帯じみてしまった教授陣だった。

大きなバスケットを抱いて廊下に出ると、いかにも幽玄な光の矢が降り注いでいる。

青いガラスの窓が金と紫に混じって、見る者を幻惑せずにおかない闇と光を形成する。

わずかばかりの陽光を集めるのに適した、北の窓は高く大きい。

午後ともなれば、そこを歩く人は闇の中を浮遊するような高揚感を覚える。

心まで吸いこまれそうなほどの藍と紫と、そして青が列柱を染め上げている。

金と紅の窓は、西に面した廊下にある。

日暮れどきには窓を通した光があたりを黄金に染めるので、人々が足を止める。

南には真紅の窓がとりつけられている。

華やかなトゥ文化の歴史ある建築物だった。

天蓋は、頭上に向かうにつれて、華やかな絵画に、彩られている。

じゅうたんは毎年、季節ごとに替えられる。

つま先がもぐりこんでしまうほど、やわらかなものだ。

あまりに人の行き来が激しいので消耗が早い。

そのために毎年つくろわなければならない。

……準備は、下々の仕事だ。

新しいじゅうたんが宮殿に届くと、また季節が巡ってきたという実感が湧く。

だが、いつのころからだろう、新しいじゅうたんを使わなくなったのは。

こすれてつぎはぎを当てたじゅうたんが、下々に配られなくなったのは、そう昔のことではない。

二人の教授は、めったに顔を会わせることのないはずの同僚とつぶやきかわす。

「ああ、宮殿がこんなにうらぶれているとは」

「まったく、あいつはエンへの使者に選ばれたが、うらやましい」

「できるだけ穏便にと、師を探すよう命じられてだ」

「ああ、あつかましかったけど、気に入られていたな、あいつは」

「バロイか。必ず宿題を年下の後輩にやらせるようなやつですよ。バロイと同じところをまちがえていたので問いただしたところ、全員、吐きましたがね」

「あれが貧乏人だったら即、退学なんだが」

「おっぱらうのにちょうどいいから、エンへやったのでしょうな、学長も」

「意気揚々と帰ってくるだろうけれど、この様子を見たら幻滅するだろうな」

「あまり深く考えないほうがいいですよ、お互いに」

二人はでっぱったお尻とおなかをぶつけ合ってうろたえた。

はずみでバスケットの中身のシーツが、廊下の床に散らばってしまった。

拾い上げると、二人はまた押し合いへし合いしながら、床に転げた。

片方の教授が頭をかきながら独りごちた。

「十年か……」

もう一人が乏しいひげをさすって、その言葉を受けた。

「十年……作物は実らなくても」

「果実が結実しなくても」

「トゥバロスだけは大丈夫とは、いまだに奇跡的なこと」

「そうですね。近隣諸国の野望をくいとめられれば、トゥバロスには味方がたくさんいる」

廊下を急ぎながら、二人の教授はバスケットの中身を再びぶちまけてしまった。

どうにも相性がよくない。

必ず一人のお尻がもう一人のおなかとぶつかってしまうのだった。

「あいたたた……ふう。ところがトゥバロスにも大変な相手がいる」

「ルウ……幻の民族か」

「そうそう、ところでルウは一人でも千人の生力を持つそうだ」

「雑草みたいな」

「草原の民だし、似たようなものでしょう。しかし、生きていればぜひ解剖したいものだなあ」

「生きる力と書いて生力、か。なんなんだろう。疑問なのは、まずルウ族が、どこへ消えたかですかね」

大きく息をつきながら、二人は再びバスケットにシーツを放り投げた。

「さ、ルウ族の話は置いておいて、さっそく手伝いを頼まれそうですよ」

お手伝いが二人を上品に手まねいた。


大きな目を見開いて、エリンはその光景を見ていた。

トゥーが、見張りをしていたヨウとメイとに連れ去られていくのを。

土手を越えてかれらが丘陵へと向かうのを、エリンはなんとなく不安に思った。

彼にはトゥーが、ただの人殺しにしか見えていないのだ。

「がんばってね」

小さくなって消えていった後ろ姿に、そっと彼はつぶやいた。

トゥーは長老の権限によって、追放処分となったのだった。

一人、丘に続く土手を見上げながら、エリンはバロイとユーイを待っていた。

正確に言えば、ユーイだけをである。

二人はこの丘陵を通るはずなのだ。

昼日中のことだった。

バロイとユーイが話しているのを、エリンは聞いた。

『止めるなら、今しかない。あなたの力が必要だ。どうしても、トゥバロスに来てもらう』

かれらの頭上で木立がゆれていた。

『でも一つだけ、わからないの……どうして私が必要なの』

血の臭いの残る林の中。

二人とは距離があり、エリンが聞いているのには気づかなかった。

『さあ、トゥバロスはその土地の人材を集めているにすぎない』

『人質ってこと……』

さやかな木洩れ日が二人の間に落ちかかる。

古木がそびえ、二人を見下ろしていた。

その梢には小鳥たちが集まる。

その場にはふさわしくない内容の会話は、とぎれるようなささやきに変わった。

『そうは……はっきりとは言っていない』

『同じだわ。同じことよ』

バロイは決然としたまなざしで言った。

『それでも来てもらう』
『…………わかったわ……』
ユーイはわかったと言ったのだ。
必ずここを通るに違いない。
おそらく、今日か明日。
いつまでも、彼はここで待つつもりだった。
いつか転げてきたバロイを見つけた場所。
エリンが土を掘り返していたところ。
ここが——始まりの地点。
陽は沈み、あたりが暗くなりかけたころ、聞き覚えのある声が響いた。
「エリン！」
彼は重く垂れこめる思考を振り払い、思いきり顔を上げた。
ユーイだ。
花の匂いのする彼女。
水色の透きとおった宝石の瞳。
ユーイはその目をみはって、彼を見ていた。
この人がトゥバロスへ行くなら……。
「僕も行くよ」

「あなた……」

彼女は見る間に顔をくもらせた。

「遊びに行くんじゃないのは、知ってるよ」

悲しい思いを押しこめて、彼はほほ笑んだのだ。

「ねえ、いいでしょう」

実はもう、彼はわかっていた。

望んでも、彼女は自分を振り返らないことを。

死んでも天界へはともにゆけないことを。

それでも、愛し続けていたのだ。

「エリン、どうしてなの」

落ち着きはらって彼は答える。

「愛しているからだよ」

「でも、私は……」

「答えなくていいよ」

彼はガラス玉のような輝きを放つ瞳を、ユーイに向けた。

「答えは知ってる」

愛しているから。

「おまえにできることは……」

「だから、お姉さんについていくんだ。あんたには関わりない」

　バロイは言い訳をするようにうつむいた。

「彼女にしか止められないんだ。そういう気がする。おまえにできるのは、ただ関わらないことだ」

　エリンはバロイを直視して言い放った。

「行けば危険なんだろ。だったら、僕が必要だ」

「妙に自信ありげだな」

「僕の耳は可聴音域が広いんだ」

　そして二人は三人になった。


「だれかいるぞ」

　ふいにバロイが、二人をひきとめるように言った。

　丘の上に明かりが見える。

　崖を渡って、向こう側へ行こうとしていたときだ。

　石の橋はこけむしていた。

　深い谷川は、ほんのかすかな水音が聞こえるだけで、目では見えない。

　そのとき、高い指笛が鳴った。

　エリンが反応して、一度立ち止まる。

　その瞬間の出来事だった。

「あっ」

足もとがゆれたと思うや、崩れ始めたのだ。

橋の上を渡っていたバロイとユーイは橋げたにつかまっていた。

が、橋が崩れ始めた。

途中から引き返した二人だったが、彼女が足をとられて転倒してしまった。

「しっかり！」

バロイはユーイに気づいて引き返した。

橋げたはひび割れ、転倒したユーイは立ち上がることができない。

そのとき轟音がした。

「お姉さん！」

引き返したバロイよりも早く、手を差しのべたのはエリンだった。

しかし、彼の手はユーイの手をすりぬけた。

「あっ」

ユーイの体は空中へと放り出され、はるか下の谷まで転落していった。

身を乗り出して落ちそうになったエリンをバロイがつかんでとめた。

が、とっくに支えを失っていた橋は、二人もろともにユーイのあとを追うように落下した。

すべては闇の中での出来事だった。

そして崖の向こうでは、一人火をたいていたトゥーが、その一部始終を見ていた。

川の水に押し流されてユーイは意識を失った。

後から落ちてきた二人も同様だった。

落下した橋の残骸とともに、いったんは水中に沈んだ三人だったが、いつしか街の近くの川岸まで流れついた。

三人は砂地に打ち上げられていた。

どこからともなく聞こえてきた遠吠えに、かれらは目を覚ました。

「ドールだ！　こんな近くまで来ている！」

エリンが遠耳を発揮した。

「なにっ、ドールとはなんだ」

「野生の犬だよっ」

バロイが打ち身だらけの体をかばいながら、荒く息をついて言った。

「この近くにいたのか」

エリンが、恐怖に引きつった声音で危険を知らせる。

「今近づいているよっ」

「ユーイ、立てるか？」

首を振るユーイをバロイは背負い、エリンの背中を押した。

「急げっ」

だが遅く、一瞬後にはあたりをドールに囲まれていた。

三人の呼吸が止まった。

じわじわと獣たちの気配が近づいてくる。

「野生の犬が苦手なものは？」

「さあ、人を襲った話は聞かないけれど、たまにはあるかもしれない」

「半端な知識は役に立たないな」

事態は一刻を争う。

エリンは手当たりしだいに武器を探した。

「帰ったらおじいさまに聞くよ」

「ひいじいさんはどうした」

「かまってくれないから、村を出たのさ」

背負ったユーイを下ろして、臨戦態勢に入ったバロイは獣たちの前へと出る。

その体に覇気がみなぎり、全身の水が蒸発してしまった。

「わお。あんた、水もしたたる男が……乾くの早いね」

眼鏡のレンズも割れた。

破片をエリンがとっさに拾い上げる。

エリンは、その破片を人差し指と親指にはさみながらバロイのそばへ寄った。

「体術の心得はあるか」

「ない。芸術ならあるけど」

「なら駄目だ。前へ出るな」

バロイが手で彼を制した。

「お姉さんがいる」

「それを守るのがおまえの役目だ」

「あんたは」

一瞬だけエリンの顔を見て、バロイは言った。

「おまえたちを守る」

バロイは縁だけとなった眼鏡を握りつぶした。

「血路を開くから、まずおまえたちから逃げろ」

その間にも、ドールは囲みの輪を狭めてきている。

すでにわずかばかりのすきもない。

「逃げられないよっ」

ドールのうなり声が、エリンには十倍にも聞こえる。

「おじけづいたのか」

エリンが悲鳴のように長く叫んだ。

「おじいさまーっ、助けてーっ」

ひざまずいてエリンは絶叫した。

「おいっ」

バロイが声をかけたが、エリンはパニックに陥ってしまった様子だ。

その声が合図になったかのように、ドールが飛びかかってきた。

体長は中型の犬くらいだ。

尻尾が長い。

闇の中で集団行動をとるらしい。

「獣は嫌いだ。麗しくない」

一歩、踏み出しバロイが叫んだ。

牙をむく、鼻面を弾くように横殴りにする。

「今だ！　逃げろっ」

おぶさったユーイを支えきれないエリンが、わめきながら走ろうとし、転倒した。

身を低くし、ドールはつめよった。

飛びかかる。

また殴る。

ドールのあごをとらえるバロイの手が、ふるえた。

つぎつぎと身がまえた獣が迫った。

「早く、逃げろっ」

バロイは、力なく地べたに横たわる二人を叱咤した。

「だって、ユーイお姉さんが……」

「つべこべ言うな！」

方向転換したドールが、ユーイに狙いを定めた。

「ユーイ！」

「えいっ」

手に取った棒きれで応戦するユーイ。

「かまわずに逃げて……」

エリンが、彼女に飛びついて泣き声を出した。

「お姉さんっ、一緒に死のう」

「バカ言うな！　二人とも走れっ」

エリンの耳にバロイの言葉は届かない。

「死のう……っ」

「……っ」

獣は跳ねた。

ユーイをかばったエリンが、ドールに押し伏せられる。

獣の吐く息と牙がエリンの眼前にあった。

もう終わりだ。

覚悟を決めたときだ。

ドールの体が宙に舞い、悲鳴を上げた。

開けた道の向こうに人がいた。

「ドールが……これはいったい」

一頭だけが、果敢にもその人物に飛びかかっていった。

甲高い悲鳴がドールの口から上がる。

そしてその人物は手にした草を振り上げて、

「急いで。こっちだ！」

片方の手で手まねいた。

そして四人は夢中で闇の中を走りぬけた。

ユーイが言った。

「ごめんね。私、足手まといだったね」

途中で足を痛め、バロイの背中にすがりついていた彼女だった。

「絶対駄目だと思った」

エリンが言ったときだ。

「説明してもらおうか」

すでに去りかけていたその人物の肩を、バロイがつかんだ。

「あきれたやつらだ。オイラはちゃんと持ってきた」

「その声はトゥー……ね」

トゥーは松明をつけたようだ。

バロイはユーイを下ろし、近づいて尋ねた。

「なんだ？　それは」

手に持っていた草を大事に、革袋にしまって、トゥーは説明した。

「……獣よけの草。ヨウがくれたんだ」

「へたな言い訳はするな。人殺しのおまえがここにいるのは、脱獄したからか」

「違う」

「うん、それはね……」

説明しようとして、エリンがユーイに遮られた。

「脱獄じゃないでしょう。そうよね、トゥー」

「うん……追放だよ」

バロイは革袋を指差して、うさんくさそうに言った。

「えらく準備がいい様子だが」

「だって、最後まで長老はオイラを自由にさせてくれたんだ。たぶん、今までずっとそうだったようにね」

「話がうますぎる」

「どうして」

顔をしかめてバロイは強く主張した。

「そしたら人質くらい出さなきゃ……、おまえを放す理由がない」

静かにトゥーはうつむく。

「変な話、オイラは老の気に入るようにおとなしくしてたからね。なんとなくね、こうなるような気がしていたから」

「ねえ……そんなことよりさ、あの犬たち……」

エリンがふいに二人の間に割って入った。

さも重要なことを言うかのように。

「飼い犬だったよね」

三人はエリンを注視した。

「変だよ。あんな悲鳴を上げるなんて。うなり声くらいならまだしも。おしゃべりすぎる」

「だから?」

「エリン……なにが言いたいの」

「だから、おしゃべりすぎるんだ。野生の犬はしゃべらないよ。あんなに哀れっぽく、同情を誘うようには、鳴かない」

エリンのしかめた顔が、トゥーの持った松明に明るく照らされた。

「オレもそう思ったよ。もしあれが野生の動物だったら、とっくにのどぶえを食い破られていたろう」

バロイがのどを押さえて言った。

「深く考えすぎじゃないの？　二人とも」

「勘違いかもよ。オイラ、野犬は初めて見るけど恐ろしいほどの気配だった」

トゥーは初めて本音を言い、エリンも一息ついた。

「どっちにしろ、野犬には気をつけないとね」

「ほんとだわ」

エリンに向かって、バロイがその肩をたたく。

突っかかるようにではなく、警告だった。

「ちょうどいい、場所が場所だ。エン・タークも近いことだし、おじいさまのところへ帰れ」

「どうしてさ」

間近にかれらはお互いを見た。

「危険なときにパニックを起こすような同行者はお荷物だ」

「だっ……」

「エリン、こういうことは先輩の言うことをきくものよ」

ユーイの言葉にエリンは言葉をつまらせた。

「お姉さんが一緒じゃなきゃいやだ」

「それと」

つけ加えるように、バロイが言った。

「死ぬか生きるかの瀬戸際に『死ぬ』ほうを選ぶ者も、同行者としてふさわしくない」

むくれてエリンは背中を向けた。

「帰れ。できれば朝になる前にだ」

そっと言ったバロイには、エリンが泣いているように見えたようだ。

慰めるような声だった。

「やだ」

「まだわからないのか」

「やだったら、いやだっ」

エリンは激しく首を振る。

「だって、僕がお姉さんを失ったら、なにが残るの？　歌もへた、絵もうまくならない、それになにを語ればいいの」

「音楽家でも、絵描きでも、詩人でもない人生を送るのが一番てっとり早いけど」

「一人前のリィ族ならどれかにならなくちゃならない。それが掟なんだ」

「それじゃあ、おじいさまに教えてもらいなさい」

エリンは泣きたいのをこらえる顔で、ユーイを見上げた。

エリンより頭一つぶん高い彼女には、なにが見えているのだろう。

違う世界がそこにあるのだろうか。

それともエリンの住む場所から遠く離れているのだろうか。

彼女は高くて遠い、星のような存在だった。

決して手の届かない……天空の一番星。

「エリン……」

肩をふるわせていた彼は、三人に背を向け、なぜかいきなり歌い始めた。

歌詞はわからない。

悲しみの歌のようだ。

エリンは思いのたけをぶつけるように、声の限りに歌っている。

「うわあぁあぁっ。悪夢再び……っ、ひぃっ」

「ぐ、う……っ。い、いや……っ」

「ぎゃあーっ」

三人はもんどりうち、耳を押さえた。

とっさにトゥーが自生していた安眠草を引きちぎり、エリンの口につめこんだ。

「うぐっ」

エリンは昏倒し、災難は去った……かに見えた。

そのときだ。

遠吠えがした。

「ドールッ?」

三人は身がまえた。

が、はりつく影に、松明の炎が弱くなる。

と思う間に一陣の強風が吹き、唯一の明かりは地に落ちた。

「トゥー、獣よけを！」

ユーイの声が、宙に消えた。

そこには闇があるきりで、だれもいない。

ユーイは焦った。

「どこ、トゥーッ？」

バロイがエリンをかついで逃げようとしながら、あえいだ。

「しまった！　もう囲まれていたのか」

鼻をきかせるバロイ。

獣の体臭が伝わってくる。

もうそこまで忍び寄っていたのだ。

息をつめたかれらの横を、風が通りすぎた。

ユーイは背後を振り返り、そこにありうべからざる色彩を見た。

草木色の髪。

漆黒の粘りつくような夜闇に、水色の瞳が浮かび上がっている。

それも片目だけ。

もう片方は草木色の髪に覆われていた。

松明を持ち上げ差し向けると、相手は褐色の肌と黒衣を全身にまとっていた。

「なぜ……」

気をとられたユーイにドールが吠えかかる。

同時に身近でうめき声がした。

身を硬くした彼女の目に映ったのは、前のめりに倒れ伏そうとしているバロイだった。

駆け寄れば、ドールが襲いかかってくるだろう。

しかし、

「バロイ！」

ユーイはバロイのほうに向かって手を差しのべた。

その手が途中で止まる。

強引に引き戻されて、ユーイは自分の体が思うままにならないことを知った。

だれかが、彼女を後ろからはがいじめにしていた。

「む……むっ」

彼女は口をふさがれて、その耳になにごとかをささやかれる。

その内容はユーイにとって、信じられないものだった。


「……体温が低い。健康体なのか」

顔を隠した男がエリンの脈をみた。

「薬で寝ているだけさ。あんたに損はないはず……いくら出す」

「千」

「五千だ」

もう一人の男は覆面に対し、大きく出た。

「前は七千で、とんだ玉を食らった。暴れ牛みたいなな。二千」

「四千五百。そいつはどうした」

「三千。指を折ったよ。二、三本な」

月は隠れている。

ひそひそという話し声がユーイにも聞こえた。

視覚はままならないが、聴覚は鋭く研ぎ澄まされている。

男たちの会話は続く。

「四千だ。そのくらいでおとなしくなるなら、どうってことないさ」

「三千二百。いや、その後も逃げ出したので足をな」

「三千七百。折ったのか」

「三千五百……。穴をうがって枷《かせ》をした。これ以上は出さないぞ」

「決まりだ」

闇のやりとりは砂漠で行われた。

「やっと手に入った……とびきりの美少年がな。城主に差し出すのに不足はない」

「いい声で鳴くぜ」

「そっちのいい玉は出し惜しみか」

「あんたより値を張るやつがいるんだ」

「惜しいな。だが歳がゆきすぎている」

「言いがかりをつけるな。聖域の男は人気抜群だ。赤毛なら半値で売ろうが惜しくはないぞ」

「銀毛のような髪だ。質のいい暮らしをしているな」

「ああ。そのかわり、オレにも豊かな暮らしを分けてくれるらしい」

ぐったりとして動かないバロイは、一つの芸術品のように横たわっていた。

かたわらでユーイが恐ろしげに瞬いた。

ただし、彼女はさるぐつわをかまされた上に頭上から袋をかぶせられている。

「あれは？」

「商品じゃない」

「なんで顔を出さない」

「傷物だ」

「やれやれ。そういうのを好む者もいるが、傷一つない体を傷つけるのが趣味ときている。初めから傷物では興が湧かないときた」

「そういうやつにもポリシーってのがあるらしい」

「なあに、道楽にポリシーもあったもんじゃない。醜いならなおさら見てみたいものだが」

「女だよ」

「見ればわかる。どのみち用は足りている。さっさと退散しよう」

エリンは、黒い覆面とターバンの男に引き渡された。

彼は黒い荷車の中に乗せられ、陽の沈む方角へと運ばれる。

男はラクダに荷車をひかせ、ゆっくりと砂漠の中を移動し、とある宮城を目指した。

トゥバロスとは正反対の方向へどんどん進んでゆく。

エリンは当分、目を覚まさない。

安眠草を直接口から摂取したために、昏睡状態に陥っているのだった。

かつて若葉色の髪をしていた男は、漆黒に染めた髪を肩に垂らしていた。

ユーイがもがくと、男が、彼女のくつわをはずして言った。

「おい、貴様。どこで草木の色を身につけた」

「身につけたのではないわ。ずっと、生まれたときからよ……たぶん」

ゆっくりと吟味するように男はユーイを見た。

彼は確かめるようにつぶやく。

「なるほど……生きていたのか」

ユーイは動悸とめまいがし、大きく息を継いだ。

動揺が彼女を追い立てていた。

「あなたは言ったわ、私があなたの同胞ならば、私を売ってしまうのは本意ではないって。説明して。同胞とはなに」

「いかにも、説明しよう。だが、それからどうなる。貴様は同胞であるこのオレを刺すのか？」

男は手に握った鋭い針を、挑発するようにユーイの眼前で持ちかえた。

その拳二つ分の長さの頑丈な短針をかざし、男の眼光はそれと同様、月にきらめく。

「つまり……私を信用しないということね」

「できるか、こんな状態で」

「そう。おもしろい趣向ね。あなたのほうが有利な立場だとは思うけど」

男はゆっくり離れて、首を横に振った。

「縛られていても、ルウの民ならオレを刺すことができる。知らんはずはなかろう」

「どういう意味」

「それは……」

男が言いかけた瞬間、その背後で闇がうごめいた。

「うっ」

ユーイが悲鳴を上げかけた、そのときだ。

「取り込み中のところ悪いけど、要求が二つある」

その声はトゥーだった。

彼が後ろからにじり寄り、男ののどもとを押さえたのだ。

さらに短針を奪いとった上に、トゥーは必ずしも弱者に情けはかけない。

「あり金をよこせ。そしてユーイたちを放せ」

「きゃあっ」

生暖かい血が、ユーイの頬にしぶいて散った。

短針の先が、男の皮膚を、切り裂いたのだ。

「お次は容赦しないぜ」

鈍い色を放つ切っ先を男ののどに突きあてながら、トゥーは低く語り始めた。

「オイラはどの道、殺人鬼だ。もうだれを殺そうとも、何人殺そうと同じ。さあ、あり金をよこせ」

「くそっ」

男がわめいて身を反転させた。

同時に深いところを短針がえぐった。

しかし、つかの間、男は信じられない勢いでトゥーをはねのけた！

滴る血液は頬から落ちていた。

のどの急所を避けるため、男は自ら針に突っこんだのだ。

上あごからきらめく短針がのぞいていた。

普通の人間ならば死んでいる。

「死ねぇっ」

自分の下あごから針を抜くと、男は飛びかかり奇声を上げた。

「うぅうぅうらぁっ」

バックステップで針をかわしながら、トゥーは信じられない思いで目を見はった。

そして見たのだ。

男のあごから滴っていた血が止まり、傷口まで消え失せたのを。

男が血の跡をぬぐうと、白い肌がのぞいた。

闇夜の明りにほの白く、不気味な輝きを放つ青白い肌。

褐色の肌は作り物だった。

斜めにかまえた姿勢から、不自然な動きで振りかぶり、男はトゥーに襲いかかる。

やられた、トゥーがそう思ったとき、肩から胸にかけて、太い杭のようなものが背後から男を貫いた。

気がつかないうちに頭上から木が倒れ、枝が彼の、肉体を突き破ったのだ。

枝は倒れる際にこすったのだろう、鋭く折れて、剣のように先がとがっていた。

本当に崖の上から偶然に、木が倒れてきたのだ。

間一髪だった。

トゥーは焦ったものの、すぐにユーイとバロイの縄をはずし、駆け出した。

「トゥー、エリンをお願いっ」

「――まかせといてくれよ！」

エリンはトゥーによって救い出された。

荷車の背から荷物のようにトゥーに担がれ、ユーイたちのもとへと帰ったのだった。

「エリンが目覚めて起きるまで、オイラがこうしているよ」

エリンはトゥーの腕の中で、寝息を立てていた。

まるで、なにごともなかったかのように。

そんなエリンを置き去りになどできない。

もうすでにエン・タークからも離れて、実はトゥバロスに近い国境まで来ていたのだ。

三人はエリンの寝息に誘われるようにして、いつの間にか火を囲んだまま寝入っていた。


「トゥバロス？　本当にそうなのか？」

「もう一度聞いたら、はり倒す」

信じられないことに、次の日にはトゥバロスに着いていた。

エリンが運ばれていた荷車に、地図があったのだ。

それを失敬してトゥーは近道を選んだ。

結果がこれだ。

「まだ信じられないのか。おまえが来た道だぞ。しっかりしろ」

「ああ……でも本当に？」

「くどい！」

はり倒されてトゥーはうめいた。

「本当にやるんだもんなぁ……」

「言ったことはすべてやり通す主義だ」

「しかしなぁ……都っていったら、もっと人がいると思っていたよ」

トゥーが言う通り、閑散として市も立っていない。

通りには、ポツポツと子供が座りこんでいるだけだ。

「施設から逃げ出したやつらだ。地区で取り締まる様子もないな。怠慢だ、訴えよう」

独り言を繰りながら、バロイは道を進んだ。

選んだ道は通りの中でも一番広かったのだが、いまだに人を見かけない。

「なあ、これはどうしたっていうことなんだ」

冬でもないのに空風《からかぜ》が吹く。

「さあ？　軍隊でも通ったのかな」

「まさか……！　そんなことがあってはならない。第一、ここに人質が……」

なんの気なしにバロイがそう言うと、ユーイが大袈裟にかぶりを振った。

「今度こそ、はっきり言ってくれたわね」

バロイはあせった。

「いや、一種の言葉の綾で……」

「もう一度、言ってみてくれないか」

トゥーが珍しく追及した。

バロイはぐうの音も出ない。

「しかし、オレのいない間にどうなったんだ」

「だから聞いたのにさ」

「そうよ。トゥーは真面目だったのよ」

「いばるな！」

バロイがトゥーの背中をまた、はたいた。

「いばってねえぞ……とほ」

どこまで行っても歩く人の姿はない。

そればかりか、うずくまって動かない子供が増えている。

死体かもしれない。

道中にたまった疲労が一気にのしかかってきた。

「これから、宮殿に向かってひとっ走りするから、待っててくれ」

バロイの言葉に反応して、エリンがうめき声を発した。

「なんだ……寝言か」

「どこでもいいから、寝かすところがないと」

ユーイが相談すると、トゥーはしっかりとエリンを抱え直す。

いかにも軽々とした動きだった。

子供ながら素晴らしい肉体の持ち主だ。

エリンが軽いということもあるだろうが、体術も優れている。

努力の結晶とも言うべき強靭さだ。

意志の強さだって関わっているだろう。

「まあいい。大学なら近いからな」

エリンは大学の教授に世話をしてもらうことに決まった。

「ここでいいか。では教授、お頼みしましたよ」

トゥーにエリンを横たえさせながら、バロイは研究室の扉をきしませた。

「ああ。そのかわり、宮殿に行ったら頼むからな」

生返事でバロイは蝶番《ちょうつがい》の調子を見ている。

そしてつぶやいた。

「相変わらずだ。だれも修理しないんだ」

「わかったのか、バロイ」

聞いちゃいない顔でバロイは走っていった。

トゥーは、教授の研究室でエリンの世話を買って出た。

「すまないが、そうしてくれるとありがたい」

休憩するために戻ってきていた教授は、さっさと一人で肘かけ椅子に座って寝てしまった。

エリンはありがたいことに、一つきりしかない簡易ベッドで寝ている。

しかし、そうする間にも、刻々と、事態は急変していたのだ。


「会ってくれないのはなぜです」

衛兵が列柱に現れて、バロイの行く手をはばんだ。

「今からでも遅くない。謝罪文を提出したほうが身のためだ」

聞き分けのない衛兵二人に、バロイは一気に血が上り、噛みついた。

「だから、なんでだ。わけを話せ」

「遅くなったからさ。ディグダグさまはご立腹なんだよ」

赤と黒の鎧をつけた衛兵は、どうしても通そうとしない。

「ディグ・ノールとサン・ジュペリは人質を差し出した。おまえのところは遅いので、決起した」

「なにっ、決起って……」

「だから、攻め入ることに決まったんだよ」

瞬間、バロイの顔は青ざめた。

「なんだと！」

つかみかかろうとしたところを槍にはばまれ、押し返された。

「な、なぜ……私を待ってくださらなかったのだ」

「ディグダグさまは気紛れだ」

「そして気が短くていらっしゃる」

「そういうことだ」

「そんなことで納得できるか！」

衛兵が並ぶ廊下をさがると、外庭に向かう。

衛兵がすっと身をひいた。

すると前方から、緋色のマントをつけた黒色の鎧兵士が現れ、規律正しく行進してきた。

こうなれば――強行突破だ。

バロイが前進しようとすると、衛兵が押し返した。

鎧兵士が剣を抜き放つ。

前方をはばむ者は容赦なくたたき切るのだ。

だが、剣はバロイの肩口をかすっただけだった。

兵士の群れはそのまま都中を練り歩き、広場まで占拠した。

これから水路と陸路でエンへと侵攻するらしい。

「先回りして船をなんとかしなければ……信じていたのに、オレは師に裏切られた！」

頑強な戦艦は重い鉄でできている。

かれらは、戦争がすべての幸運を招くと信じこんでいるのだ。

だから、そのためならば命を捨てても、戦《いくさ》のための戦を繰り返す。

バロイはそんなトゥの民の性質がいやだった。

これまで一度も彼は戦争に加わったことがない。

片田舎からの留学生のため、退学に追いこまれない限り、彼の身は保証されていたのだ。

またそれまでは、まきこまれるほどの大きな戦いがなかったとも言える。

「止めなければ。ディグダグ様、あなたを必ずお止めする！」

だがその前に、ユーイを連れて彼の師、ディグダグに会わせねばならなかった。

「ユーイ！」

バロイが一艘の木舟をこぎ出したとき、金髪の少年が視界の端をよぎった。

けれどバロイは、そのまままっすぐに大学前の水路を伝い、ユーイを呼んで舟に乗せた。

「ユーイ、あいつは？　トゥーだよ」

「いないわ、どこかへ行ったみたい」

「くっ、あんなやつでも役に立つと思ったら……とんだハメになった」

「バロイ、なに？　なんなの？　どうしてこんな舟に乗っているの？」

「あとで話す。つかまっていろ」

「きゃあっ」

木舟が、ゆれたと同時に水路を勢いよく走り始めた。

飛沫が顔にかかり、彼女は身を縮めた。

「無茶かもしれない。だが、間に合ってくれ」

そうつぶやくバロイも水に濡れそぼっている。

ユーイも文句は言えなかった。

二人はただひたすらに水路を進んでいた。


バロイは水路を使って軍の行く先へと回った。

谷川へと下る急流まで来たら、あとは流れにまかせるだけでよかった。

巨大な艦隊を率いて進むには、もっと大きく緩やかな流れを選ばねばならないはずだ。

バロイたちのほうがはるかに早い。
四隻の戦艦は、谷と河にはさまれたエンまではもうすぐというところまで迫っていた。
バロイは素早く木舟から降りると、崖下から一気に丘へと登りつめた。
ユーイもあとに続く。
山間にバロイの声が響き渡り、艦隊はわずかに速度を落とした。
「総統、南東の端、丘陵の上に人がいます！」
命運を賭けた瞬間だった。
ディグダグが甲板に現れ、はるかに高い緑の丘をのぞんだ。
季節は夏。
昼間の陽は南に高く、白光でその人影はかすんで見えた。
逆光だった。
望遠レンズがかろうじて対象をとらえた。
「あれは……バロイか。今さらだな」
艦隊はかまわずまっすぐに突き進んだ。
「止まれ！　ちくしょう、止まらないっ」
バロイが絶望に叫んだときだ。
傍らにいたユーイが崖下の水面めがけて飛びこんだ。
艦隊は高く上がった飛沫に気づいて、再び速度を落とした。

今だ！

「師匠、私です。トゥバロスのバロイ、ただ今から報告します。エンには反抗の意志なし！　聞こえてますかっ……」

「……なにを言っている」

ディグダグは望遠レンズを投げ渡し、傍らの司令官へ尋ねた。

「はっ、なにかトゥバロスへの報告であるかと」

「かまわん、突き進め」

黄金の総髪は陽に輝き、巨体のディグ人は艦内へと陽よけのマントをひるがえし、指揮権を司令官に渡した。

ユーイは水面に浮かんで空を仰いだが、様子がおかしいことに気づいた。

艦隊は再び水を切り、前進している。

「どうしてっ。エンは滅びるの……？」

彼女はなんとかして戦艦に取りつこうとしたが、泡立つ水面にまかれてうまくいかない。

したたかに水を飲んだ。

吸盤のように手をはりつかせてみたが、鋼の船底は取りつくしまがない。

黙々と進む艦隊は、あくまでも無機質な……それはどこまでも冷徹な軍神であった。

そのときだ。

水面をたたくものがあり、ユーイの手がそれにからんだ。

助かった。

彼女はその縄梯子をたぐり寄せ、水中へと引っ張られる体を押して、甲板へと上がった。

艦は、肉体美を誇るかのような屈強な船員にまかされていた。

白い帆は大きくはりつめ、いよいよ激しく突き進む。

「もう駄目だわ……いいえ、落ち着くのよ。なにかできる……なにか、私にできることがあるはずよ」

ユーイは重くなった靴をぬぎ捨て、腰の革袋から弾弓《だんぐう》を取り出した。

「こんなものでなんとかできるの？　ううん、あきらめるよりましよ！」

彼女が弾丸を弦につがえたときだ。

淡い金髪が太綱の向こうにかい間見えた。

「きっと彼がこの船隊を率いているのだわ」

積み上げられた太綱の陰に身を隠して、弾弓をかまえると、マストの支柱へ影が動いた。

忍び寄るユーイ。

しかし支柱の向こうには人影はない。

あたりを警戒し、視線を左右に走らせる彼女に、近づく者はなかった。

頭上では、風をはらんだマストが鳴っていた。

と、電光石火、そこからユーイの背後に降り立つ者があった。

「静かに」

後ろから口をふさがれたまま、無理に背後を振り返ると、彼女は驚きに目を見はった。

「トゥー……どうしてここに」

モゴモゴと言葉にならない声が伝わる。

「シッ、とりあえずこっちに」

上陸用の船艇の扉を開き、二人は中にもぐりこんだ。

「あなたがここにいるってことは……どういうことなの？」

「オイラ、聞いたんだ。大学の教授にだよ。ここは戦争ばっかしている国だ。だからユーイが人質と言われていたのを考えて……」

今度はまさしく、彼女は感嘆に目を見開いた。

「勘が鋭いわ、あなたって」

「よく言われる。手先は器用じゃないけどね」

ユーイは気がついて言った。

「あのことなら……」

「人さらいとのこと？」

たぶん薄暗い中でトゥーは表情を変えたのだろう。

「ええ、でも全然問題じゃないわ。あなたって、頼れるみたい」

「とんでもない。実は直接聞いたんだよ、船に乗りこんだ時点で。トゥがエンを攻めるって」

強くうなずいて彼女はほほ笑んだ。

白い歯だけが、かすかな明りに輝いた。

「あなたは勇敢よ……」

「違うよ。エンのために一度は死んでおこうと思っただけさ」

「どうして？」

「人殺しだからさ」

ユーイはあまりの衝撃に息をつめた。

人殺し……そう言えば自分も。

「私だって……」

「なに？」

「……」

言えなかった。

強く念じたとき、あの男の上に木が倒れてきたなんて。

そしてそれがルウ大陸民族の特殊能力だと、はっきり言える自信も、まだ彼女にはなかった。

ユーイはうつむいた。

トゥーが船艇の壁に手をついてよろけた。

「あのことが起きてから……ずっと眠れなかった。だから、エリンが寝ているのを見て、ちょっと寂しかっただけなんだ」

そんな風に彼はしゃべり始めた。

「教授はおしゃべりが好きだった？」

「いや。でも正直いって、しゃべらせるのは得意だ……でも」

「もっと、あなたの話を聞きたいわ」

ユーイは彼がなにを言いたいのか、わかっていた。

「……ありがとう。ずっと、話したかったんだ。本当はね……眠れなくなってから、声が聞こえた。エリザの声だ……泣いていた」

「そしてあなたは？」

「怖かったよ。エリザは何度も言った。オイラに帰ってきてって。でも、オイラがあそこへ……あの家へ帰ってもエリザはいない」

今度は両手を壁について、トゥーは自嘲した。

「死んだんだ。わかってたけど、そんなのわかりきっていたけど、エリザのことを思うとたまらなかった。そのたびにうそだ、これは夢だって思おうとした」

すすり泣きのように声がかすれた。

「でもその夢は、起きてからも……目覚めてなおも、頭から離れないんだ。恐怖にかられて、なにもかもが化け物に見えた」

「なにが……化け物に見えたの？」

「それこそ、木や草以外の全部だ。人工物はいっさい駄目だ。それで、だれにも見られないように、だれにも聞かれずにすむように……逃げた先が」

「領主の館の裏の林……」

「たぶん、どこでもよかったんだよ。吠えたって、朽ち果てたって、だれにも見つからないところならどこだって」

ユーイは心を落ち着けて結論づけた。

「きっと寝ていなかったのが原因だわ。ストレスと……幻聴、幻視もあったかもしれない」

「ああ、それでも一瞬だけ落ち着いていたときもあった。ヨウとメイがなんか言ってて、ルイが本当にわからないことを言って……」

それから首を振って髪をかきむしり、トゥーは長いため息を何度もついた。

「うっとうしかったんだ。一人になりたかった。そんな自分が不安で、ただひたすらにおびえて、すべての存在が……自分自身すら怖かった」

瞬間、そのときのトゥーの様子がかい間見えた気がした。

彼女はそっと聞いた。

「だから、殺したの」

わずかにうめいてトゥーはかぶりを振ったが、それが肯定の意味を持つのは疑いようがなかった。

「胸がざわざわして、気持ち悪くて、触れられてないのに触れられた気がして、引き裂いてしまいたかったんだよ」

彼の深い嘆きは底が知れない。

全部を吐き出すまで、その悲しみが何度でも彼を殺してしまうだろう。

彼はあえいで、まるで助けを求めるように壁に爪を立てた。

「まるで土足で踏みにじられて汚された気分だった。……自分のしていることのほうが理不尽なのに、勝手に理由をつけて……」

　しだいに彼の頭はさがってゆく。

　同時に体も床にへばりついていくみたいだ。

「なんでも理屈をこじつけて、オイラは悪くないって思っていた。殺したいものを殺して、なにが悪いんだって……そう考えていた」

　彼は床にうずくまった。

「怖くて、信じられなくて……いつの間にか心を、失ったんだ。人としての……心を」

　ユーイはそっと彼の肩を抱いて言った。

「ありのままに、話してくれてありがとう」

　それでもなお、彼は激しく頭を振り続けた。

「……あのとき、本当は思っていた。今引き返せば間に合う、明日になったら冷たくなった領主《したい》さまが発見される……」

　まじまじと見つめるユーイの耳に、真実が聞こえた。

「それまで知らん顔してたってわかりっこない。でも間に合ったかもしれない。オイラは引き返すときをまちがえたんだ……遅かった」

　彼はふと涙に濡れた瞳で彼女を見上げた。

「なあ、オイラのせいじゃない。どうしてだ？　あのときコインなんかに気を取られなきゃ、落っこちやしなかったのに……」

「ちょっと待って……」

彼女は最大限の注意を払って、簡潔に聞き返した。

「落ちたのは……だれ」

トゥーは視線を下方に落として、首を細かく縦に、次に横に振った。

「たった一枚だ。落ちたからってどうってことあるか？　領主さまは欲が深い。コインのかわりに崖っぷちに落っこちたのさ」

それから先は泣き声に近かった。

ユーイは彼の体を精一杯抱きしめた。

「オイラはなにもしなかった。見てたのに……するべきことをなにもしなかった。できたはずのことも」

「じゃあ、領主さまが死んだのはその後……」

ユーイの胸に抱きすくめられながら、トゥーは顔を真っ赤に泣きはらした。

「見殺しにしちまった。エリザのことは関係ないって、そう考えながら……心の中からなにかが滑り落ちた……たぶんそのときだったんだ」

しゃくりあげて、すがりつかんばかりにユーイを見つめた。

「つぐなえないのはわかってる。けど、罪を背負ってでも生きてぇんだ。今生きている自分を二度と殺したくない。わかってくれよ」

目を閉じてユーイは嘆息し、結論だけを述べた。

「同じことよ。私は同胞を殺したの……、あのときたぶん」

全身から汗を吹き出しながら、彼は泣き続けていた。

彼の体には熱がこもり、全身がたかぶっていた。

「もう後悔したくない。もうだれも、自分自身も殺したくねえ。……オイラは生きる。勝手だろ？　人を殺してるのに、こんなこと考えて」

握った拳を、赤ん坊のようにユーイにたたきつけながら、彼は振りしぼるように言った。

ガラス球みたいな透きとおる輝きが、彼の瞳からあふれてこぼれ落ちた。

「オイラは生きる。生きたいよ。今一番、そう思っている。生きぬいて、大切なものを取り戻したいんだ……」

「迷惑よ」

ふいに彼女はトゥーを突き放した。

「あなたみたいに、今にも死ににゆくみたいな顔をして言われたら……迷惑だわ。だから――生きなさい」

彼女も泣いていた。

「一生一度の死に華を咲かせたい？　バカよ、そんなの」

再びその胸に彼を抱きしめる。

「一度なんて言わないで、何度でも生き返るの。勇気を持つのよ。たとえだれがそしっても、だれがあなたを許さないと言っても」

真相を知った彼女はトゥーと心をつなぐ用意がある。

「生き直したいなら、ためらっちゃ駄目。大丈夫。エリザちゃんだって、それを望んでくれているわ」

エリザの名前にトゥーは顔を上げた。

「エリザが……」

「ええ、きっと」

力強くうなずく彼女の瞳には、なにか炎のような力が宿っていた。

「ありがとう、ユーイ。やっぱりオイラ……」

彼女は、ほのかに明るさを取り戻した彼の言葉と声とに希望を抱いた。

「やっぱりオイラ、生きていたいよ」

首を振り、彼はこうも言ったのだ。

「うん……だからこそ、しなくちゃいけないんだ……エンのために、戦うこと」

「エンのために……。私だって、トゥバロスを止めなくちゃ、なんのために来たのだか……それに先生だって心配している。帰らなくては」

二人は誓い合った。

「必ず、トゥバロスを止めるのよ。あなただって、なにもエンのために死ななくても、ちゃんとわかってもらえる日が来るわ」

「いや、いいんだ。ユーイがオイラの独り言を聞いてくれたからね。それにやっぱりオイラ、お母ちゃんたちを死なせたくない」

「一緒に……トゥバロスを止めましょう」

「ああ！　命にかえても！」

身を潜めていた船艇の外を、重い足音が駆け巡るのが聞こえた。

「声がする。なんだ」

「……耳がびりびりするわ。なんて言っているのだか、わからない」

「行ってみよう」

かれらは小さな船艇から斜めに身を滑らせて見た。

重い鉄の塊が、次々と運び出されている。

緋と黒の兵士が迫撃砲をかまえる態勢に入っていた。

船首へと目をこらしてみれば、前方にはエンの国、ジュクの村が静かにひかえている。

「いけない！　エンジュクを攻撃する気よっ」

「ああ、だけど対岸のエントルクが砲艦を用意している。さすがに素早いな」

強風にあおられて、身を乗り出していた二人はあやうく大河へと落ちそうになった。

トゥーが支えながらユーイを押し上げて、再び甲板を踏みしめた。

「でもこんな奇襲みたいなやり方じゃ、エントルクだって十分に対処しきれるとは思えないわ」

「時間かせぎにはなるさっ」

ユーイが船首のほうを見て緊迫した声で言った。

「なんとかしなければ……」

「よし、こっちも時間かせぎだ！」

「軍艦四隻よ、どうするの？」

トゥーが風に逆らって立ち、彼女の両肩をつかむ。

「敵だって頭を押さえられちゃ、身動きできないはずさ！」

そう言うが早いか、トゥーは船首に向けて走り出した。

置き去りにされた彼女はあとを追いかけ、再び前方を見た。

エンジュクが迫っている！

そこでは、事態に気がついた人々が、または何も知らない人々が、きっと騒いでいるに違いない。

彼女には爆煙にまかれ、逃げ惑う人々の姿と、黒煙が空を覆うさまが見えた気がした。

戦艦の砲門が開いた。

砲身が狙いを定め始める。

甲板では、点火の炎を、掲げ持つ砲主が、松明をかまえた。

「もう駄目っ！」

彼女の涙が風にさらわれた。

そのときだ。

轟音が鳴り響き、波立たないはずの大河が突如、巨大な水壁を作った。

それと同時に、高波が艦体を襲い、白い炎を燃やす松明を呑みこんだ。

兵士はあわてふためき、甲板を鳴らす足音と叱責が飛びかった。

「どうした！」

ディグダグが、表情も厳めしく甲板に出てきた。

あたりを睥睨《へいげい》する彼のもとに、兵士が駆け寄る。

「むうっ」

「総統！　船底に異変がっ。喫水線が上昇しています」

「前方に高波と水の壁が、進路をはばんでいます」

「総統っ」

「これは……」

ディグダグは、朱をそそいだまなじりを裂いた。

「司令官！」

「はっ」

即座に司令官は身を正し、命令を待った。

「艦内のいずれかにルウの民がいる。捕らえろっ」

心臓の位置に拳をかまえ、礼をとった司令官が甲板を横切る影に気づいた。

瞬時に剣を抜き放ち、赤眉の司令官はディグダグの頭上に迫った影に切りつけた。

影は身も軽く舞い降りると、強烈な蹴りを司令官にお見舞いした。

こめかみに打撃を受けつつも踏みとどまった司令官の手から、剣が弾き飛ばされた。

剣はマストの支柱に突き当たり、帆綱を断ち切った。

マストが傾き、司令官を直撃する。

まきこまれた兵士が高波にさらわれ、波間のもくずと消えた。

トゥーはディグダグの前に降り立った。

その手には、鈍く光を放つ鉄線が握られていた。

甲板上では悲鳴が上がった。

ディグダグは身がまえた。

目の前には年端もゆかない少年が対峙している。

ディグダグの目が細められた。

「む……おまえはルウの民ではないな。その仲間か」

返答を待たずに一歩を踏み出すと、ディグダグは剣を抜き放った。

「あのときもそうであった……地にあっては土石が降り注ぎ、大岩が前をふさいだ。そしてまた、海上にあっては水壁が現れ……」

ディグダグの剣が、水壁の輝きを映して光った。

「今またあのときと同じように、光の矢が降臨しようと路《まえ》をはばんでいる。ルウ大陸全土を守ったいまいましい力が！　死ねっ」

振りかざした長剣が切っ先を走らせる前に、少年は跳躍した。

素晴らしい脚力だ。

「むっ」

トゥーが素早く降り立つと同時に、鉄線がディグダグののど頸《くび》をのけ反らせた。

「動くと、その首が落ちるぜ」

ディグダグはあえごうとして、息をつまらせた。

鉄線がグイグイとのどにくいこむ。

全体重をのせて急所を絞めあげられているのだ。

かなり危険な状態だ。

だが、次の瞬間ディグダグの顔に覇気がみなぎり、背筋の力によって身をひるがえした。

一気に立場は逆転した。

ディグダグは鉄線を引きちぎった。

恐るべき強靱さである。

赤黒くなった顔を近づけながら、ディグダグは頑丈な歯をむいた。

「おまえの仲間はどこにいる……障壁を除き、従うならおまえの命は保証してやる。吐けっ」

トゥーの背後で鉄壁が火花を散らし、こめかみを刃がかすめた。

——とたん、艦体が大きくかしいだ。

鉄の塊が巨大な力にきしみながら、悲鳴を上げていた。

「む、むおぉっ！」

轟音が鳴り、甲板から細い水柱が上がった。

「喫水線、上昇し続けています！　船体、浮上しませんっ」

「船底から浸水、原因不明です！」

迫撃砲が甲板を滑り、砕かれた船縁から落ちた。

迫撃砲にこめられるはずの砲弾が、傍若無人に転げまわって、兵士たちの鎧を打ち砕いた。

「形勢逆転だっ」

壁を背にしてのトゥーの蹴りに、背後を振り返っていたディグダグがバランスを崩した。

鋭く、眼球を狙って、少年の鉄線が光った。

引きちぎられた鉄線は、切っ先が針のようにのびて、鋭く先がとがっていた。

「さあ！　どうする、艦隊をひけっ」

「く……っ、それが望みか！」

素早くはねのけて、ディグダグは取り落とした剣を再び握りしめた。

「形勢などいくらでも有利にしてみせる。おまえを殺せば仲間は姿を現すだろう。その前に聞く。ルウの民は何匹だ」

トゥーは口もとをゆがめて皮肉に笑った。

「さあ、何人いると思う？」

時間かせぎの台詞だった。

「一匹や二匹ではあるまい。だがあの障壁を取り除くにはそのうちの二、三匹を捕えれば十分だ。すでに精神力を消耗しているだろう」

トゥーは生来の勘のよさで、相手の恐れる特異な現象がユーイによるものであると察知した。

ルウの民は、草木の精霊の宿る髪の色、天空と水流の加護を抱く空色の瞳を持つ。

そんなことは伝承でいくらでも聞いている。

エンタークの街では、通りで語部がライラを奏でており、貧者もまた恩恵に浴していた。

「どうかな……オイラはまだ十五だけど、年を重ねたルウ民族は強ぇんじゃなかったかな」

トゥーははったりをかました。

「バカな。ルウの残党は、残らず力を使い果たして滅亡した！　まさか、その子供が力を持って生まれていたとでも言うのかっ」

「それがあんたの歴史観ってやつかい。教えてやる、そいつはどこか違っているぜっ！」

「なに！」

「あんたの言う歴史通りなら、なんで再びルウ民族が現れた？　そいつが答えさっ」

トゥーはできるだけディグダグの確信に背き、打撃を与えて翻弄する気だ。

と、兵士が傾いた甲板を伝い、報告した。

「総統！　あやしい者を発見しましたっ。緑の髪をした少女です。甲板上で逃げまわっています」

「たった一人か」

「はいっ」

ディグダグはトゥーをにらんだままだ。

「捕まえろ！」

「はっ……」

命ぜられた兵士はのけ反って水面に落ちた。

船体がこれまでにない方向へゆれたからだ。

たて続けに、船底から突き上げるような衝撃が襲った。

「いよいよか……無念ッ」

ディグダグは再び鳳眼のまなじりを裂き、船首を凝としてにらんだ。


バロイは丘陵に立ちすくみ、水鏡に映った己の姿を見ていた。

眩しい光の壁が視界をはばんでいたのだ。

その輝く障壁を通しては、なにも見えない。

「なん……だ、この現象は。天変地異か、それともなにかの前触れか」

はっとしてバロイは胸をかきむしった。

「ユーイ。彼女は……！」

彼女は水底めがけて飛びこんだきりだ。

「ユーイッ！」

叫びが反響し、水鏡に幻影が浮かんだ。

ぎらつく刃の群れに彼女がさらされていた。

瞳は恐怖で見開かれている。

しだいに後退しながら、彼女が追いつめられてゆくのがバロイにもわかった。

「ユーイ！　待っていろ」

バロイの足は高く地を蹴った。


「来ないで！」

船首に立って叫んでいるのはユーイだった。

彼女は長剣の鎌首に迫られて、胸を浅い呼吸にあえがせていた。

「私に、あなたたちを殺させないでっ」

一瞬、動きを止めた兵士が顔を見合わせ、視線をかわした。

しかし首を振り、かれらは間合いをつめた。

ぎりぎりまで、彼女は力を発動したくなかった。

命の力ともいえるルウ・リーの民の力を。

なんと、いつの間にか彼女の周囲には、花びらが舞っていた。

風に乗って飛ぶルウ・リーの花。

ルウの民が、最後に残されたか弱き姫に与えた生き長らえるための力。

それは……実はかれらの残り少なかった命の結晶なのだった。

暖かな金の光に包まれて、ユーイは涙をこらえきれない。

目の前に、いくつもの花が舞い、それら一つひとつの中に人々の顔が見えた。

花びらの乱舞は兵士たちの戦意を一時的に失わせた。

時間のはざまで彼女は自分に対する民人《たみびと》たちのまなざしを見た。

なんと老医師が、見たこともないのに懐かしい人々の顔が、彼女を見つめていた。

花吹雪の向こう側に、隠された真実の情景が映し出されたのだ。

花々の記憶は、彼女に悲しいルウの歴史を語っていた。

それは王家存続をかけた一つの物語。

永い命と短い運命の、悲劇の幕開けであった。

冷たい泉のほとりでそれは生まれた。

黄金の草原に白銀の天幕が張られ、生誕を望まれたのは彼女だった。

ところがそこにあったのは生まれて間もない赤子と、それをとりまく人々の嘆きと叫び。

誕生の喜びは、つらい宿命への怒りと絶望とに取って代わられた。

なんということであろう、赤子にはルウの生命ともいえる、魂が入っていなかったのだ。

取りあげられて数時間後、ようやく復活したかと思えた泣き声もとだえた。

額に印ある王とその王妃は嘆き悲しんだ。

老いた後に授かった、たった一人の愛娘だったからだ。

かれらは命と引き換えに新たな呪法を赤子に施し、永い眠りについた。

赤子の名はユイフィリエナ。

彼女はルウの民すべての心の支えであった。

絶え間なくしかけられる戦に明け暮れ、なかなか現れぬ次世代への救世主となりえたはず。

——なのに。

民は混血も進み、純粋な血筋を王家に求めていた。

純粋な力を保有する者が生まれなければ、ルウの民は滅びてしまうからだ。

自然を操る力を持ち、命と引き換えに万物の神と契約を交わして戦うかれらだった。

戦のたびに消耗し、すでに繁殖力さえ失いつつあった。

ルウ大陸全土を渡り歩くかれらにとって、王家は唯一の希望だったのである。

その赤子の額には花びらの印があった。

今、金の炎がユーイのまわりで燃え、彼女の額にその印が現れた。

それはルウの王家の紋であり、彼女の生きる理由なのである。

ユーイのまぶたから熱い涙がこぼれ落ちた。

滅びたルウ大陸の王、ルウ・リー族の最後の願いはたった一つだったのだ。

花の香りは語っていた。

ユーイに……生きろ、と。

自らの命を削ってまでも、王と王妃とすべての民は彼女を生かしたかった。

ただ一人、民人の救世主たりえるユイフィリエナ王女を。

かれらは花の王と契約を結び、その引き換えに自らの力のすべてを使い果たした。

正確に言えば、そのことで初めてかれらは『人間』になったのだ。

長く永続的に与えられる花からの力で、今までユーイは生きてきた。

それとは知らぬまま民族の花に囲まれ、絶えずかれらの愛に包まれていた。

愛されていたのだ。

その愛は彼女を守り育て、今また戦う力を与えようとしていた。

ルウ・リーの力が水壁を作りあげ、水流と竜巻を呼び起こした。

水柱を上げて、大河はまさに氾濫を起こしていた。

しかも、水壁の向こうは静かな景観が広がるばかり。

エントルクとエンジュクの人々にはなにが起こったのか、さっぱりわからなかった。

逆に言えば、河の両岸に位置するかれらには、わずかばかりの被害もなかったということだ。

言うまでもなく、それはルウの王女を預かるエン国の有志が授かった、最大の恩恵であった。

「古《いにしえ》の契約と命によりて、その名と密議《ちぎり》とにかけてこの敵を破れ。花よ、氷礫となってかれらを凍てつかせよ」

詠唱呪文がユーイの口を突いて出た。

血と名にひそむ生来の力ではない。

永年をかけて命の花から与えられ、その生命に刻みこまれた民族の記憶なのだ。

花が氷の刃となって吹きすさび、緋色のマントを切り裂いた。

凍てついた風が、黒い鎧を凍りつかせた。

兵士たちの剣は風に折れて、粉々に砕けた。

鎧は飛び散り、あちこちで凍傷に苦しむ兵士たちの悲鳴が響いた。

もはや一刻の猶予もなかった。

「ディグダグ総統！　艦隊は全滅です。後方三隻、爆発炎上、沈没しました……うっ！」

兵士は、粉々になった鎧をところどころ肌にまとって、どうにか立っていた。

「ほ、本艦も沈みますっ……。お逃げくださ……」

それだけ告げると、兵士は胸部を押さえながら後方へ倒れた。

急激な冷えに神経系統が麻痺し、心拍が停止したのだ。

兵士の手足が痙攣《けいれん》し、やがてその動きも止んだ。

ディグダグは身をひるがえして、小型船艇に駆けこみ逃げ出した。

トゥーは荒く呼吸を繰り返し、呆然とした。

彼の目の前で、甲板に亀裂が入り、水柱が吹き上がった。

と、思う間に艦体は裂け、いたるところで爆発が起こり、引火した火薬が黒煙を吐いた。

すると、もうもうたる煙の向こうに、なんとバロイが現れた。

バロイは周囲を見渡し、なにごとか叫び、次にトゥーを見つけてはっとした。

なぜこんなところに彼が？

そう思った双方のすぐ横で、爆音がとどろく。

叫ぶ間も、振り返る暇もない。

バロイは吹き飛ばされ、甲板から空を舞ってはるか下方、荒立つ波間へと落下した。

「な、なぜ……！」

トゥーの表情は驚愕《きょうがく》にゆがんだ。

とたん、爆風が彼の背を押した。

手足は寄る辺を失い、体ごと宙に浮かんだ。

——トゥーもまた、波間へと転落したのだった。

艦体は大きく傾き始め、甲板にまともに立っている者はもはや一人としてなかった。

ユーイもまた、命の瀬戸際に立っていた。

初めて行使した力と、その発動に伴う精神力の消耗とで、もうエネルギーを制御できなくなっていた。

「もう——やめて、もう……いいの……もう、終わってっ——！」

彼女の必死の叫びとともに、吹き荒れていた氷石が弾け、黄金の花弁となって舞った。

「もう、わかったわ……私は一人じゃなかった……わかったから、もう、もう——！」

花は旋風にまかれ、しだいに大きな奔流となって天へと昇っていった。

彼女は船首に取りつき、糸が切れたように脱力した。

頬は青ざめ、疲労がにじんでいた。

朦朧《もうろう》とした瞳が天を仰いだかと思うと、彼女の意識は混濁した。

魂を持って生まれなかった彼女に、確かな過去の記憶は存在しない。

あるのは切り開くべき未来と、戦うべき現在の宿命だけだった。

厭《いと》うべき争いにおいて、彼女の命は限りなく燃えた。

燃えて、燃え尽きるまで彼女は重い宿命を背負い、愛すべき者たちの救済のために戦う。

それが自分へ寄せられた愛に対する、すべての答えだった。

今、彼女は手にした宿命と、戦いぬいた疲れとでいっぱいだった。

彼女に許されたのは一時の深い眠り。

そして再び彼女は取り戻すだろう。

——生きる力と、戦う力とを。

明日になれば、きっと、また。

ユーイの夢の中で、バロイとトゥーが、唯一水面に出た彼女のいる船首に泳ぎついた。

そして二人はほとんど同時に、彼女の名を呼んだ。

——暖かく、希望に満ちた喜びの声で。

第五章　開演

「トゥリウース！　なんっかい言わせれば気がすむんだ。おーまーえーはっ、なぁあーんにも、身になっとらんじゃないか！」

　トゥリウス、と呼ばれた若者はうなだれて黒髪の青年を見た。

「お師匠さま、オイラ……もう駄目です」

「なぁにを、へこたれておるんだっ。この程度で玉座が手に入ると思っているのか！」

「バロイ、休み休みやんなさいよ」

　気がついたように、バロイと呼ばれた青年は鞭を下ろした。

　声がしたほう、戸の後ろには愛するユーイがいた。

　緑の髪は黒に染められ、後ろできつく結わえてある。

　黒い髪の青年は汗だくになっていた。

「ああ……そうか。息ぬきでもしなければ、脳が熱病に冒されてしまうな。よし、これから劇場へ行く」

「ええっ」

驚いた少年に——まだ少年である——バロイは言った。

「演劇を見ればその文化がわかるものだ。トゥバロスの後継者なら、教養として必要不可欠。だから、行く」

と言う間に、ユーイが肩へかけてくれたハーフコートを取って袖を通し、きっちり着こんでいる。

「おまえはそのままでいいから、急げっ」

そして二人は、足音を立てて玄関を駆け出していった。

「まあ……なんて忙しそう。そして私はのんびりできるってわけね。そうそう、とっておきのお茶葉があったわ。あれを開けてみよう」

ユーイは穏やかなほほ笑みを浮かべながら、高い棚からお茶の缶を取り出した。

「あら……そういえばもしかして……そうだわ、なんですぐに思い出さなかったのかしら」

彼女は棚から落ちてきた一枚の上質紙を取り上げながら、驚いていた。

『ユーイへ。驚いてください。一言で言えばお金持ち、さらに言うなら成功者。今の僕はそう呼ばれています……』

紙の上に並ぶ個性的な文字に顔をほころばせながら、彼女はうなずいた。

「エリン……本当にあれからもう、四年もたつのね。覚えていますか？　ですって、忘れるわけないじゃない」

その紙には招待状、と飾り文字で箔押しが施されていた。

ユーイは声に出してそれを読んだ。

『お姉さんと別れてからずっと、僕は世界を巡っていました。そして、お姉さんの秘密を知る人に会って話してきたのです』

「懐かしいわ……三人とも、トゥバロスの大学に入ってから四年たったのね。だけどエリンは私たちと違って、ちっとも落ち着かなかった」

文面は流暢に続く。

『そのときの話ができたら、とても嬉しいと思うのですが。でも今の僕の力では戯曲に託して語るのが精一杯です。公演日時は……』

ユーイは末尾の日程を見て驚いた。

「初公演が今日？　大変、それじゃあ走ってゆかなきゃ間に合わないじゃないの！」

彼女は寝室のドレッサーを開きながら、あとで片づけねばならない台所のことも忘れた。

今はそんな場合ではない。

たとえ、とっておきの楽しみだった上等のお茶の葉っぱを缶ごと床に落としても。

中身が床に散らばったって、仲間の華々しい帰還に比べたらなにほどのことがあろうか。

彼女は鏡を見て髪をほどき、服の中で上等の部類をかたっぱしからひっくり返す。

「あれは駄目、これも……ああ、エリンがいつか褒めてくれた服はもうないし……彼と並んで見劣りしないのは……」

あれこれと考えて、ついにユーイはため息をつく。

口の端で笑い、目尻に光るしずくをそっと指先でぬぐうと、一つの服を手に取った。

「私が、今でも彼のお姫様でいられるなんて……大きなまちがい。でも、懐かしいわ」

その服はどこにでもある服だった。

流行ってもいないし、気を遣っているわけでもない。

大胆にも胸の開いた、貧しい娘の時分に着ていたものだ。

「バカね。こんな服……失礼にあたるわ。でも……もしかして思い出してくれるかもしれない」

着てみれば、もうとても似合う歳ではないのがはっきりしていた。

「駄目……ちぐはぐしてる。どうしよう、どうしたら……」

刻々と時間は近づいて、空には夕闇が迫るころ、幸せなため息が彼女を埋め尽くした。

『追伸　お姉さんへ。着てくる服はなるべく粗末なものにしてください。あなたの美しさがよりひきたつように……』

もう一度読み返すと、そんな文が目についた。

その中の逆説的な表現は彼女をあわてさせた。

「そんなふうに、いくわけないじゃないの……」

赤くなり、鏡の中の姿に一瞬吹き出しかけて、彼女は窓の外を見た。

「いけないわ！　完全に遅刻よ！」

歓声が場を支配していた。

全席満員の中で、トゥリウスとバロイが立ち見席に入りこんだ。

ざわめきが止む。

会場の照明がしぼられ、スポットライトがステージの上を照らし出した。

「キャーッ」

「……様」

「……くーん」

「……ちゃーん」

今日の公演は婦女子が多いようである。

バロイが立ち見によい場所を吟味していると、前方に人垣が湧いて出た。

かれらは席を立って、いっせいに波のようにステージのほうへ押し寄せていった。

「おっ、空いたぜ」

素早く席を陣取るバロイ。

彼の手には、適当にふんだくってきた演目の口上書き《パンフレット》がある。

バロイのあとを追い、トゥリウスも目立たないように空いた席に座った。

「今日の演目はなんだ……ふむふ……む？」

バロイは絶句してパンフレットを取り落とした。

それを拾って見たトゥリウスのつぶらな目が、まん丸く見開かれる。

「これって！　な、なあバロイッ、ユーイのことじゃないのか？」

それにはこう書かれてあった。

『戦争を止めた聖なる少女の物語——彼女の呼び声に応えた世界の王者が嵐をまき起こす！　彼女を包みこんだ愛の光は、まさしくかつて滅びたはずの民族の祈りの唱和する声。天高く舞う花の共鳴。そして今、甦った伝説たち……』

「違うだろう……いや、そうであってほしいが」

落ち着きを取り戻したバロイに、トゥリウスが噛みついた。

「だって、あのことはオイラたちしか知らないはずだよ！」

口に人さし指をあてて、声を低めながらバロイは警戒するように視線を左右に走らせた。

「おまえ、だれかに話したか？　話したのを聞かれたのか？」

少年はおびえたような萌黄色の瞳をゆらめかせて、苦しそうに息をあえがせた。

「お、覚えてない……覚えてなんかいるわけないだろう、オイラ……エリンにしか言わなかったのに……」

舌打ちするようにバロイが首を振った。

「そのエリンがもらしたのか……」

「そ、そんなわけねえよっ」

「お、かばうな？　おまえら、仲よかったか」

鋭い指摘に言葉をなくしたトゥリウス。

「そ、そりゃあ……」

なんだかかわいそうになるほど、その声音には元気がない。

「かわいそうに。エリンなんか信用したのがまちがいだったんだ」

トゥリウスが大きくのどを鳴らした。

「な、なあ……ユーイのこと、ルウ民族だってのがわかっちまったらどうしよう！」

歯がみしてバロイは答えなかった。

パンフレットを返して少年が文字をよく見ようとしたとき、会場の照明が完全に消えた。

『ルウの姫君』と書かれたパンフレットの赤い飾り文字は、暗がりの中に沈んでいった。


——そのとき一筋の風が吹いた。

露と嵐のきらめきの中で、緑の髪の乙女と一人の少年は深く結ばれていた。

ところが隣国の使者がやってきたその国では大事件が発生、乙女は連れ去られてしまう。大きな悲劇の中で恋人を失った少年は、愛する恋人を救いに向かった。

彼の頼りは、隣国の使者によって操られている親友ただ一人だけ。

彼の見ている前でその親友は殺戮の徒と化してしまう。

なんと少年は敵国の王子でもある彼を、親友と信じきってきたのだ。

命懸けの戦いの後、その親友とも和解するときが来たが、恋人は行方不明のまま。

恋人の姿を求めて様々な苦難に立ち向かいながら、少年たちは強く、たくましくなってゆく。

そのうち親友は命を落とし、とうとう敵国を支配していた悪魔が正体を現した。

すべてはそのディリフェリヌン・ディアスという悪魔が仕組んだことだった。

さらわれた乙女たちがかよわく泣き叫び、その中に少年は恋人を見出す。

――孤独な戦い、けれど守る者がある。

そのとき少年は雄々しく成長していた。

少年は圧倒的な敵の力により責めさいなまれた。

からくも勝利を収めるも、悪魔の力の源《エナジー・ポット》はいまだ深く大きく息づいていた。

源《ポット》の中にいる乙女たちを救おうとした少年は、悪魔の手下に致命的な一打を受け、重傷を負う。

そのとき、乙女たちの祈りの声が唱和した！

力の源は爆発。

少年は恋人を、恋人はその恋人を見出した。

そして再び甦ったディリフェリヌン・ディアスと戦い、二人は命からがら逃れた。

悪魔は言った。

『その緑の髪の乙女さえよこせば、私がこの世を支配したというのに……大自然の力をわがものとする乙女の力さえあれば……』

そして悪魔は、

『緑の髪の乙女がない今、つまらん人間どもが恐怖に怯えるさまを見させてもらうか。それいっ』

大きな手とかぎ爪で人々をたたきつぶし、徘徊した。

緑の乙女たちは集って再び祈りを唱えた。

するとどうであろう、少年の傷が癒え、大地に戦いの力が満ちあふれたではないか。

地上にいたすべての人々は甦り、悪魔の力を退けた。

最大最悪と思えたディリフェリヌン・ディアスも、敗れてしまえば小者同然。

大悪魔の手下に苛められて、下っぱ悪魔になってしまった。

緑の髪の乙女たちは、力を使い果たし、普通の人間として生きてゆき、人を愛した。

少年とその恋人は多くの子孫に恵まれた。

そのうちの何人かには、緑の髪をした子供がいたということだ。

――これは真実の、愛の物語……。


『皆さん、本日はお忙しい中ご足労いただき、大変恐縮、かつ光栄に思い、感謝いたします。

皆さんは思い浮かぶでしょうか、緑の髪をした乙女たちが自然の中へ帰ってゆく姿が。

皆さんは思い浮かぶでしょうか、大自然の巫女が普通の人間と結ばれる姿が。

とりもなおさず、それはどんな形であれ『幸福』そして『愛』のある姿なのです。

そしてもし、思い浮かぶなら、私たちにメッセージをください。

大自然の巫女が生き続けられるように。

この大地に癒しがもたらされるように。

そしてどうか私たちのお友達である緑の髪の乙女たちが自由に、豊かに暮らせるように。

私たちは小さい、小さい生き物です。

悪魔の力などにはかないもしません。

けれど今、できることは夢をかなえること。

忘れてはならないことだと思います。

夢を忘れたとき、緑の乙女たちは命を失い、大地は凍りついてしまいます。

……もし、思い浮かぶなら、その夢を支えたいと私は思います。

もし、くじけそうなときは、甦りを信じたかれら二人を思い出してくださると嬉しいです。

本日は誠にありがとうございます。

――一同、心より御礼申し上げます』

幕が再び開くと、そこに集まった華々しい面々に、観覧者はそろって拍手を送る。

トゥリウスは鼻汁を垂らして、涙と一緒に顔を引っかきまわしていた。

「ううっ、ううーっ、うっうっ」

だが、傍らにいたはずのバロイは鼻ちょうちんだ。

めったなことでは休まない彼が居眠りをしていた。

「ぐおぉーっ、があーっ……くかーっ」

会場の拍手が止むまで、盛大ないびきがトゥリウスの横で響いていた。

「起きてよ！　師匠、終演だようっ、な、なんか……オイラたち、にらまれてるような気が……き、気のせい？」

トゥリウスが肩身を狭くしている間にも幕は下がっていく。

だが、スポットライトはまだ、ステージを照らしていた。

「んあぁ？」

会場は全員、総立ちだった。

「あ、起きた。さっさと出ようよ、あ、すいません」

トゥリウスが、かわいい目をした少女に足を踏まれて、なぜか自分が謝った。

「…………！」

いつしか目が覚めたバロイは、ものも言わずに立ち上がった。

そのままなんと、幕の裏へと回っていくではないか。

「あ、あわわ……そっちは楽屋、バロイ……師匠！」

あわててトゥリウスが追いかけていった。


ユーイは花束を忘れずに持っていった。

それは黄金に輝くルウ・リーの花。

遅れたことを謝らねば。

それとも正直に言わずに、彼が喜ぶようなことを言うべきかしら。

そんなことを考えながら楽屋に向かうと、忙しそうな人の波がいっせいに彼女のほうを見た。

「えっ」

思わず彼女が後ろを振り向くと、そこには若いながらも威厳を漂わせた少年がいた。

「きゃーっ、かわいいーっ、エリンさまぁ」

「サインしてくださぁいっ！　エリンくぅん」

「エリンちゃん、十五歳って本当？」

「ちょっと、後ろから押さないでっ」

「エリンちゃまーっ」

どこからか、どっと押し寄せた黄色い声援。

彼女らが髪に飾った花の香りでむせ返るほどだった。

赤いのや黄色いのや、めずらしい紫のバラまでもをたずさえて、彼女らはエリンを取り囲んだ。

燃えるような赤銅色の巻き毛を肩に垂らした彼は、余裕を見せつけながら彼女らに言う。

「僕の故郷では十二歳になれば成人。立派に男子として認められるし、仕事だって持つ。僕はなにも特別なことはしていない」

「すっ……」

一瞬、少女たちの視線が彼に吸いつけられるように集中し、振りしぼるような絶叫があとを追う。

「ってきぃいいーっ。すてきっ、すっごくすてきぃー！　その歳でお金持ちなのも、戯曲を書いているのも！」

「天才としか思えないわあぁー」

「ねえねえ、いつごろからこういう才能に目覚めたの？」

「イルリィ出身の作家って、今まで本当にいなかったの？」

「いや」

彼が口を開くと、いっせいに声が止んだ。

二度、せき払いをしてから彼はもったいつけるように話し始めた。

「僕はイルリィの黒い羊……歌もへただし、絵画にもなにも見出せなかった。魂の高鳴りと、寄る辺とするべき信念とが足りなかった」

少女たちの目は仰天して大きくなっている。

「そっ……そんなぁあーっ。黒い羊なんてっ、そんなことなんて、ないですっ」

「そうよ、あんなに感動する戯曲が書けるんだもの！　そんなはずないわ」

「……くろいひつじってなあに？」

言った一人が全員ににらまれて、萎縮したように肩をすぼめた。

エリンはなんでもないことのように、けれどゆっくりと説明した。

「優れた者の中でひときわ目立ってしまう……まったく才能のない者ってことさ」

息を呑む音がいっせいにした。

再び先の少女はにらまれている。

「ほらぁ！　言いたくないことを、言わせてしまったのよっ。黙っていなさいよ！」

先程、否定した少女が、頭ごなしに怒鳴り散らす。

「いいから、続きを聞きましょうよぉ」

怒鳴られた少女は悪びれずに言った。

たまたま癇癪持ちだった相手の少女は、まくしたてながら大袈裟なしぐさをした。

「なんなのよ！　あんた、エリンさまに向かって。ちょっと、足りない頭をどっかで補充してから出直しなさいよっ」

「足りないですってぇ？　あたしのどこが足りないのよぉ」

「そういう、間延びしたしゃべり方って、だいっ嫌いなのよね！　いかにも田舎くさくて。幼稚舎で口のきき方を学び直したら」

「なんですって…………」

冷ややかなにらみ合いを背に、エリンはその場を離れた。

まっすぐユーイのほうへと近づいてくる。

「あ……」

緊張したユーイの目の前をエリンが通りすぎた。

と、少年は立ち止まって、振り返る。

紅い巻き毛が動きにつられて、大きく弾んだ。

その表情は水を得た魚であった。

「お姉さんっ」

ユーイのもとへ駆け寄ってくる。

「エ……エリンッ」

「いつ来たの？　何時ごろ？　僕、捜していたんだよっ」

エリンは、ますます優美さに磨きがかかったようである。

大きな目を輝かせながら、息を弾ませてほほ笑みを浮かべている。

丸かった頬が少しこけて、あごのラインも華奢ではあるがやや精悍さが加わっていた。

まぶしさにうつむいてしまいながら、ユーイは自然に言葉が出てくるのを待った。

「ああ、でもいいや。こうして来てくれたんだし。花も？　持ってきてくれたんだ。わあ、嬉しいなっ」

花束を受け取って、華やかなほほ笑みをいっそう輝かせ、彼はほのかに言った。

「この花だったんだね……ユーイお姉さんの匂いは……なんて綺麗な花なんだろう。あのときもこの花がお姉さんを助けてくれたんだね」

「……」

ユーイはずっと待ち続けたが、やはり言うべき言葉が出てこなかった。

「あれ？　どうしたの。ユー……お姉さん？」

エリンが巻き毛にからんだ金色の花びらをつまみながら、彼女をのぞきこんだとき。

騒がしい物音が楽屋に近づいてきた。

二人がそちらを見れば、妙なコンビがやってきたではないか。

少年が長い手足をまきつけ、突進しようとする相方を必死で止めているらしい。

一歩歩いては二歩さがり、三歩よろけて二歩進み、という奇妙な歩き方だ。

「師匠っ。だから、そっちは楽屋……」

鼻息も荒く、青年はかすれた声でがなる。

「っせえな！　いいんだ。ついてくるなっ」

小道具を片づけている人々の合間をぬって、ときどきぶつかりつつ二人の前まで来た。

「あ……だれ？」

エリンの口が円を描くように丸くなる。

「あ、あら、バロイ……ッ」

ユーイが意外そうに驚いた。

普段、楽屋に踏みこむような相手ではないからである。

しかも手ぶらだ。

「やっぱり、てめえか！」

エリンに向かって指を突きつけ、にらみをきかせたバロイ。

「え……この人、お知り合い？　お姉さん」

見知らぬふりを決めこむエリンに、バロイは怒鳴り散らした。

「オレだ！　この顔を見忘れたかっ」

「冗談だよ。恋敵を忘れるもんか、黒く髪を染めたくらいで……」

あくびをするような調子でエリンが答えるので、いまいましそうにバロイは毒づいた。

「バッカじゃねえの！　おまえ変わったな。ここまで脚色されてれば、よもや実話を元にしているとは気づいたやつもいないだろうよ」

「ほとんど寝ていたくせに……」

トゥリウスがぼそりと言うと、気がついてエリンが笑顔になった。

「あっ、トゥー。その節はどうもね。『ルウの姫君』のイメージは君の語りがあったればこそのものだもんね。感謝してるよ、本当に」

「なあ、オイラなにか誤解を招くようなこと、言ったのか？」

トゥーと呼ばれたトゥリウスは声をひそめたのに、エリンはおかまいなしだった。

「うん？　ああ、本当はいっさいがっさい、秘密にしておかなきゃ駄目ってこと？　気にしない、気にしないっ」

軽い口調で手を振るエリンに戸惑いを隠せないトゥリウス。

彼は戯曲の中では、敵国の少年（王子）という役どころである。

長身美形の巻き毛少年が演じる主役の、片腕ともなる真の友という設定だ。

それだって、本当のところは秘密にしてほしかった真実なのだ。

「実際、あんな話したって、だれも信じてくれないもんね。だからおもいっきりフィクション仕立てにして……」

「フィクション仕立てどころか、激しく、フィクションそのものだ！」

バロイが歯をむき出して強調すると、あごを押さえながらトゥリウスが言った。

「それはそうと、オイラ、歯が浮くかと思った。どこからあんな台詞が思いつくんだ？」

「内緒。企業秘密だね。だって胃や体調を崩してまで悩んで書いたのに、おいそれと言ったりしたら、くやしいだろ」

話の進行にかまわずバロイはまだ、文句を言い足りなさそうだ。

「それにだな、なんだあれは。敵国の王子が悪魔の手先に操られる？　しかも惨殺のシーンはホログラムだか知らんが、ねちねちと」

「丁寧に作りたかったんだよ。できるだけ象徴的に、リアルすぎないよう、ごまかさないように。死を身近に感じてほしかったんだ」

そっとトゥリウスがつぶやいた。

「ああ……唯一リアルだったな」

「だろ？」

はしゃいだエリンにぐさりとバロイが釘を刺す。

「でもな、見ていた人はなんて思ったろうな」

目をそらしたトゥリウスに、エリンは下を向いた。

「ごめん……トゥーのことは考えてなかった」

噛みつくようにバロイが叫んだ。

「どうして！　仲間のことだろうが」

はっと顔を上げながら、トゥリウスはバロイの腕を捕らえた。

「……いいよ、オイラが……悪いんだ」

「おまえは黙ってろ！」

エリンは難しそうにあごを拳でこすった。

「ごめん。リアルにしないと、もたないと思って。夢見がちなストーリーだろ、ショッキングにしないと浮つくかなあと思ってさ」

「ほほう、おまえでも浮ついてる自覚はあるわけか」

たまらずユーイが口を出した。

「よして！　エリンは浮ついてなんかいないわよ。どうして……？　最後まで見たの？　そうしたら言えないはずよ、そんなこと……」

耳を疑うバロイとトゥリウス。

「え？」

エリンが少し嬉しそうにユーイを見る。

「最後まで見てくれてたんだ……」

「ええ。あなたのメッセージ、届いたわ」

見つめ合う二人にバロイが嫉妬したのを感じつつ、エリンは優越感を隠そうとした。

話の矛先を転じたのはそのためだ。

「ちなみに悪魔の手先の下っぱ、その一とその二は大学の先生がモデルなんだ。気づいた？　あのときはかなりお世話になったなあ」

遠い目をするエリンに、ユーイは吹き出すところだった。

エリンときたら、大学にいる間に観光までさせてもらい、すっかり目覚めたのだ。なにって……才能の使い道にだ。

「あのときに大きな劇場へも行かず、イルリィの中だけで知られている『芸術』にこだわっていたら、今の僕はなかったもの」

苦笑いしつつ、彼が大人になったのを、そこはかとなく悟り、バロイは話を続けた。

「おもしろかったろう、あの先生は」

ちょっと考えてからエリンは聞き返す。

「おなかの先生？　おしりの先生？」

「おしりのほう」

エリンは心から懐かしそうに、そして嬉しそうに笑った。

「ああ、おもしろかったよ。ルウの民の話も聞いたし、各地を旅する人にも会わせてもらった。旅に出るきっかけには十分だったよ」

鼻先を指でちょっとかいて、バロイはエリンの肩先をつつく。

「ちょっとは、たくましくなったのか」

「折れてもくじけないくらいにはね」

うなずきつつも、バロイのほうは本当に信用はしていないという顔だ。

「それにしても、これは……？」

バロイが頭に角を二本立てた。

エリンがしたり顔で胸を張る。

「大悪魔のモデル？　ディグダグ総統に決まってるじゃないか！　あの人、傀儡《かいらい》使っていたろう」

バロイがあたりを見回して口に指を立てる。

「しっ、おまえなあ。そういうことをこの都でしゃあしゃあと口にするなよ。もし聞かれたら……」

「自殺しちゃうかもね、あの人」

軽く笑って、エリンは真顔できっぱり言い放った。

「しっ。言うな、それを」

率いた艦隊が全滅して以来、めっきり老けこんだ師に同情してバロイは声をひそめた。

あれ以降、大学から身を引いて、かのディグ人は故郷に落ちる寸前までいったのだ。

ディグノールの助力を得て、トゥの平安を保持するのには彼が必要だ。

必死に引き止めたバロイの気持ちも察してほしいと言いたいのだ。

「今も寝こんでいらっしゃるんだぞ、やめろ。ほんっとに変わったなおまえ。怖いもの知らずめが……」

「肝が据わったのさ。もう、野犬にだって負けないつもりだよ」

頭を振り、頭痛を覚えるバロイだった。

「……大悪魔があの人ってことは……まさかこのオレは」

ふと気づいたバロイは思案に余るようにエリンを見た。

けろっとしたエリンは、軽くいなす。

「あんたの役？　もちろん悪魔の手先さ」

「てめえー！」

エリンの前にさえぎるように立ち、ユーイがたしなめた。

「汚い言葉遣いはやめてよ、バロイ。トゥリウスの教育によくないでしょう」

「でもなあっ」

トゥリウスはダシにされたような気分で、頬をひたすらかいていた。

「やっぱり我慢できるか、くそっ。おぼえてろよ！　今後は物陰と夜道に気をつけるがいい」

呪いの言葉をバロイが吐きつけると、バカにしたかのようにエリンが返り討つ。

「どうぞ。僕にはファンがいる。殺されないようにね」

そしてにやりと笑うと、風のように身をひるがえして立ち去っていった。

「どっちが子供だったのだか、わからないわね」

「ほんとに……」

ユーイの言葉を受け流して、ぽかんとしていたトゥリウスがうなずいた。

「あ……」

瞬間、その瞳が大きくなり宙を凝視した。

「トゥリウス、なにを見ているの……」

ユーイがそう声をかけたときだった。

トゥリウスの目尻から、あふれたものがあった。

釘づけになった視線を、彼はどうやって引きはがしたのだろう。

萌黄色の瞳は目まぐるしくさまよい、信じられないものでも見たかのようだ。

「……リザ、エリ……」

「えっ？　エリンがどうしたの？」

「ち……がう」

ひたすら首を振るトゥリウスにユーイは、初め彼がどうかしたのかと思った。

手を彼の目の前で振ると、彼の手がそれをつかんだので、意識は確かだとわかった。

「どうしたのよ……あなたが動転するなんて」

「……リザだ……オイラを呼んでるのか。まだエリザが生きていたなんて……ああ……っ」

「えっ、エリザってエリザベートちゃんのこと？　亡くなったんじゃないの。しっかりして、トゥリウスったら」

「エリザ！」

トゥリウスは妹の名前を呼び続けた。

彼を必死で抱きとどめながら、なにが起きたのかさっぱりわからないバロイとユーイだった。

その視線の先を見れば、たった一人の貴いお方がお忍びでいらしていたのだが。

白い手袋をした美しい少女である。

目が大きく透きとおり、陶器のような肌をしている。

身につけているものも、ただごとではすまないような代物だ。

様式の美である。

「なんじゃ、おんしは。わたくしの名はエリザではないぞ！」

優雅な歩みで近寄ってきたその貴人は、つんとすました視線で彼を見た。

まだトゥリウスよりわずかばかり育ちが足りぬ様子である。

背丈も、トゥリウスより幼いかと思うくらいに小柄だ。

「エ……エリザ。辛抱しきれねえで、オイラを迎えにきたのか……そうなんだな。エリザ！」

彼が抱きとめられた姿勢から片手を差し出したとき。

白い手袋に包まれた清い御手が、それを払いのけた。

かと思う間もなく、彼の頬が高らかに鳴る。

「わたくしはエリザではない、というに！」

彼の目は、なにかとんでもないものを見てしまったかのように見開かれた。

「エリザ？　なんじゃ……それは」

痛むのか、かの貴人は手を従者に差し出し、従者がその手を羽根でさすった。

ものごしは平静を保っているが、貴人の表情はどこか憮然としている。

つまらない芸でも見せられたかのような表情とも言える。

あきらかに不興を買ってしまったらしい。

後ろからトゥリウスの頭を勢いよく押さえつけて、バロイが姿勢を低くした。

「こ、これは王。今宵もごきげん麗しく……」

口上を述べようとする彼を、その貴人は先ほどから従者に預けていた手でもって退けた。

どこぞの町民が、犬を追い払うときのようなしぐさであった。

「ちっとも麗しくなぞないわ。そちらの御仁のお蔭で、たいそう不機嫌じゃ。バロイの身内か」

「はっ……いいえ、不肖の弟子を預かってきたもので……都の見聞を広めるためにと連れて参ったしだい」

いっそう身を低くしてバロイが申し述べる。

その姿を見て、なんとなくまわりも身を低くして礼をとった。

「それは、大儀じゃのう。この都の見聞なぞ、たいしたものはない。が、今回ばかりはよいものを見た……」

彼女は色調を抑えた黒の扇子を開き、物思いするように、その内側に視線を落とした。

「恋か……してみたいものよの」

その目もと、額に漂っている陰は、どことなく艶めいている。

まだ女性とも、ただの子供ともつかぬ顔立ちだが、その表情には洗練された魅力があった。

これは冷たく感情を押しこめた、宮中で育まれた顔なのである。

子供らしさのかけらもない。

だが恋をしたい、と言った彼女の心は、まだ夢に恋をする、幼い少女のものであった。

恋をする乙女に近づく前の。

「トゥリウス、礼をしろ！」

「え……？」

そう言われても、彼はこれ以上身を低くはできなかった。

だから思わず顔を上げた。

その顔を見て、かの人は穏やかにほほ笑んで、

「トゥリウスというのか、まだ都になじんでおらぬな。わたくしの顔も知らぬゆえ、そうとわかる。よほどの田舎者と見たが」

彼女は首をかしげて見た。

「おっしゃるとおりです。これ、礼をしろ、と言っている」

「落ち着いて」

背後からユーイがささやいた。

覚悟を決めて、トゥリウスは一歩を踏み出し、ひざまずいた。

「さて、今後は宮中で会うこともあろう。しかし、本日はこれまで」

ひとまず挨拶だけをかわしたあと、かれらはほっと一息ついた。

去っていった人を見るトゥリウスの目は、まだ宙を泳いでいた。

「おい、まだなんか考えてやがるな。あれはこの国の王だ。お前の妹だよ、今度は正真正銘のな。ほれたような目をするな」

トゥリウスを売りこむようなまねをした手前、罪悪感を覚えながら念を押す。

苛立ったついでに一つ頭をたたいてみたりもしたけれど、トゥリウスの病は高じてしまった。

「な、なあっ。あれって、どういう意味なんだ?」

トゥリウスがバロイの胸倉をひっつかみ、息もかかるほど間近に顔を寄せてきた。

「は？　なにが」

胸倉をつかむ手を必死ではたきながら、バロイは返答した。

「宮中で会うこともあるだろうって、なんの意味があるんだっ」

「そりゃあ、おまえが気に入ったから宮廷に呼ぶから来いって意味だが……そんなまさか！」

バロイは自分でしゃべりながらその意味に通じたらしく、一人で身をふるわせていた。

「なっ、駄目だ。目を覚ませ！　おまえがかなう相手じゃないっ。しかもおまえの敵だっ。玉座を手中に収めているんだぞ！」

「でもいつかはわかり合える、そんな気がする……」

トゥリウスの瞳はバラ色に輝き、涙にしっとりと潤んでさえいる。

「トゥリウス！　あきらめろ。おまえの相手は私が見つける。いいか、絶対にアレイアだけは駄目だっ」

「あ……名前は出さないほうがいいんじゃ……」

ユーイが言いかけたとき、トゥリウスが元気百倍で叫んだ。

「そっか、アレイアっていうんだな！　オイラ、遊び相手になってやろう。そして友達になろう。あの歳じゃ、まだ退屈知らずだよな」

「な、じゃなぁーい！　おまえ、王位継承権からいけば四番目の姫に、負けたんだぞ。思い出せ、おまえの本当の母親は――」

「アレイアかぁ……勝ち気な目をしていたなあ。それでいて人なつこそうな雰囲気で。疑うことを知らなさそうで……いいなぁ」

必死でバロイが叫んでいるのにもかかわらず、トゥリウスはうっとりとよそを向いている。

「いいかっ。おまえはディグミラン皇帝の一人娘で、トゥに嫁いだカナディア皇女の――」

「忘れ形見で、第二トゥディアーン戦争のときに反乱にまき込まれ、逃がされた……と目下噂の王子、なのよね」

すっかり覚えてしまったいつもの口上を、ユーイが続けた。

「いいかげんな噂だな。なんで助けないんだよ。そしたら」

初めて言い返したトゥリウスに、バロイは開いた口がふさがらない。

「なんで、助けにこなかった？　オイラが王子なら、どうしてエン国にくすぶってなきゃならなかったんだ？　人殺しまでして――」

「生存が確認できなかったからだ！　だが証拠はそろっている。まずディグミラン皇帝に瓜二つのその顔」

「顔？」

そばかすだらけの顔をなでて、トゥリウスは反論した。

「顔だけかよう……？」

「次に！　手足が長く、優秀な戦士たりうる気性。ディグ人の特徴を備えている。そして！　ロケットだ……」

あくびまじりにトゥリウスは耳をほじる。

「おおかた盗んだんだろ。オイラの親父さまが」

バロイはトゥリウスの髪をひっつかみ、前後にゆする。

「い……いじめだ……っ！」

「バカ！　ヒューイックといったら、トゥ王家直属の部下で乳母役を務める男性のことだ。乳母だったんだよ、親父じゃない」

「……そんでも、実際にそうと決まったわけじゃないだろ」

至近から直撃した怒鳴り声に、耳をふさぎながら少年がごちた。

「おまえなあっ、おかしいだろう。乳母がどうして王子以外の子供を育てているんだ？」

首をひねりながら、考えこむ様子で少年は難しそうに言った。

「そりゃ、自分の子かもしれない。王子なんかよりも、自分の子供を大切に育てたいと考えたかもしれないだろう」

バロイは顔中口にして大声でわめいた。

「どこのヒューイックが子供を成す！　かれらは乳母なんだぞ、お乳も出るんだぞ？　男でだ！　それが証拠なんだ」

「でもオイラ、ヒューイックの子を抱いたことになるぜ。エリザもお母ちゃんの腹から生まれたんだもん」

一瞬、珍妙な空気が流れた。

「それは……妙な……」

「だろ、だからトゥバロスとか、関係ねえんだよ、きっと。せいせいした。今までのことは、きっぱり忘れたし、いいよな、もう」

少年の肩を思いっきりつかんで、バロイは目をぎらつかせた。

「そんなわけにいくかっ」

「ひでで……だってさぁ、王子なんて柄じゃねえもの、最初っから。あ、もしかしてオイラの父ちゃん、貧民街の出だったりして」

だから、と前置きして彼は自分なりの結論を出したのだ。

「大学に置いてくれて、それから励ましてくれてありがとう。とにかくもう、過去に縛られるのはやめた」

その顔はすがすがしかった。

「もしかしたらなんて、そんな仮定の話で人生を決めちゃ駄目だ。オイラ自分で確かめる。いつか、またエン国へ帰ることができたら……」

悲しげな表情は一瞬のことで、彼はすぐに自分らしさを取り戻した。

「そしたら、また初めから生き直すよ。ここでもそれができたのは、きっとユーイのお蔭なんだろうけど、あんたのことも忘れない」

気弱な少年は、やっぱりまだ覚えていた。

「いつか言ったよね、だれがそしっても、だれがオイラを許さないと言っても、生き直したいなら、ためらっちゃ駄目だって……」

ユーイは小さくうなずいた。

「大河がようやく静まったころ、ユーイを助け上げて、バロイは言ったよな……自分を誇れって」

視線を伏せて、応じる声音はたとえようもなく静かだった。

「ああ、オレなんかよりおまえは多くを救った。それは認める。しかしな……それとこれとは……」

失われてしまった言葉のかわりに、トゥーが二の句を継いだ。

「違うよ。いつもいつも、つらいことがあると、逃げ場を探していた。逃げまわって結局はだれかを傷つけたんだ……もう二度と逃げない」

バロイはふっと鼻先で笑った。

「そんなことを言っておいて、実は勉強がいやになったんだろう……正直に白状すれば、今言ったことは忘れてやるぞ」

トゥーは苦々しく言葉を唇に乗せた。

「そりゃ、いやだったよ。でも、それは最初からわかっていたし。相手がバロイだもん、本当にスパルタ教育って感じでさ。……鍛えられた」

「ああそうかよ……そして恩をあだで返そうっていうんだな」

バロイは憎まれ口をたたきながらも、視線を地面に落としたままだ。

本当はだれよりもつらいのは彼なのだ。

沈黙のあと、新たに息を吸いこんで、トゥーは言った——別れの言葉を。

「あんたの言う通りだった。学ばないうちにどこかへ飛び出していったって、結局は過ちを繰り返さないはずはない……だから」

トゥーはゆっくりとバロイに目を合わせる。

言葉を唇に乗せて、のどをふるわせた。

「ありがとう」

視線を背けてバロイは鼻を鳴らした。

「感謝の気持ちは、どうやって表すんだったかな」

ちょっとトゥーは笑った。

「頭をさげるんだった……？」

「違うだろう。覚えの悪いやつめ」

トゥーの肩を抱き寄せながら、バロイはわざと冷たく言い放った。

「こっちだってな、おまえみたいなぐずは……覚えが悪くて、逃げるときだけ調子のいいやつは、もう二度と……」

バロイがつらそうな顔をトゥーの肩に埋めたのは、ユーイ一人だけが知っていた。

強く少年の肩をつかみ、バロイは息をつめたようだった。

「ああ、行くがいいさ！　そして戻ってくるな。覚えとけよ、オレは逃げ場を与えてやらん。オレから逃げるなら地の果てまで行け」

まだ薄い肩幅を突き放したときには、その瞳はまっすぐで、鉄面皮の表情だった。

別れのとき、二人だけが見送った。

「さよなら……また会えるわよね」

「だから！　帰ってくるなよなっ」

後ろ向きでバロイが言った。

風が吹いて、三人の間を過ぎていった。

もうすぐ夏がくる。

ほんの少しだけ、トゥーの顔にも別れのつらさが浮かんだが、また陽気にほほ笑んだ。

「オイラ、普通の友達が欲しいな。こんなとき、笑って見送ってくれるような……さ」

冗談めいてはいたのだけれど、彼の瞳はとても寂しそうだった。

「ぜいたく言うな！」

その声に、トゥーは軽くうなずき、心をこめて語りかけた。

「……でも、オイラのそばにいたのはあんたらだもんな。そしていつまでも……友達だよな」

「……」

ユーイは黙って少年の手を握った。

トゥーは背を向けつつ、一歩を踏み出せず、何度も振り返ってこう言った。

「せめて手を振ってくれよ。あの山の向こうに行ったら、顔も見えなくなる。あんたの顔も……見なくてすむよ」

バロイの後ろ姿がかすかにゆれた。

「な、泣いてて、悪かったな！」

「……うそだよ。泣き顔見せたくないの、同じさ」

西の空で、金色の炎が燃え始めていた。

少年の後ろ姿はだんだんと小さくなって、木々の間にまぎれて見えなくなった。

ユーイが金色の空に星を見ながらささやいた。

「ごめんなさい……止める気がしなかったの。できなくて……」

後ろ向きのまま、バロイは声をくぐもらせた。

「もう少しで補佐官の座が手に入ったのに！　あいつがもう少し辛抱してりゃ、オレは権力を手に入れられたんだ……」

寄りそいながら、ユーイはバロイを抱いた。

「それは……違うでしょう。今のあなたの気持ちとは」

強く、つよく彼は首を振る。

「いいや、あいつはオレが王にしてみせるつもりだった。できるはずだったんだ」

バロイの肩に頭をもたれて、ユーイはやさしく繰り返した。

「それも違いますよ、バロイ」

なんでも見通すかのようなユーイの言葉にも、バロイはかたくなに首を横に振り続けた。

「あんなやつ、根性なしさ。弱虫でひいひい言って、現実から逃げ回るだけのかわいそうなやつ。どうせひどい目にあって泣くのさ」

ユーイがうなずいた——言葉よりも別の、バロイが秘めた感情にするように。

「ほんとね。近ごろはとくに物騒だから、せめて彼の旅の無事を祈りましょう」

バロイはしばらくのあいだ、無言だった。

彼はそのままトゥーの去った方向とは反対向きに、大きく手を旋回させた。

「ふんっ、これで義理は果たしたぞ」

肩をいからせ、大股で町並みを闊歩して、彼は隣を歩いているユーイに声をかけた。

笑って答えた彼女に、きまり悪げに彼はあさっての方向を見て言った。

「あのな……」

ユーイは本当に愛しいものを見つめる瞳でうなずいて、それから笑った。

「ええ、わかりましたよ。バロイ……」


『なあ、オレはおまえのこと、人殺しなんて言ったけど……』

水から上がったばかりのトゥーの顔は、バロイに負けず劣らず青かった。

バロイは続ける。

『オレなんかよりずっと……おまえははるかに多くの人々を生かす手伝いをしたんだぜ。誇れ、もっと。オレが許す』

戦いは終わりを見た。

主砲艦の四隻が全滅では、トゥも次に打つ手はなかった。

『オイラ、ユーイに言われたんだ。だれにそしられても、だれが許さないと言っても、生きろって。何度でも生き直すんだって』

トゥーはユーイの髪をかきやって言った。

『もしそれができたら、ユーイのお蔭だ』

あのときの光景がまだ、彼の目には焼きついていた。

四年たった今でも。

「勇気をくれたぞ。バロイ、あんたも」

トゥーは火に小枝をくべながら、昔を顧みた。

『いつかオイラが誇れる自分なんてものを持てたら――』

やっぱりその言葉を口にするのは、ためらわれたのだけれども。

『そんな日は来ないんだろうけど――でも、そんときはやっぱり、あんたのお蔭なんだろう。これでようやくさっぱりした』

トゥーは自らのあのときの言葉を心の中で反芻し、一人目をつぶった。

『エリザ……オイラの中のエリザを泣かせちゃいけない。生かし続けてやんなきゃって思う。オイラの命とともに』

風が吹いた。

あのときと同じ風が、彼の背を押していた。

峠の研究室の窓から、西にのぞむ山頂の景色を見つめながら、バロイはたたずんでいた。

「……いつか来るさ」

茶を持ってきたユーイが、そっと机にソーサーを置いた。

バロイは、ユーイがかけてくれた肩がけの中に、彼女を包みこんだ。

——彼の胸中にも、過去の思い出がよぎる。

『オレにはわかんねえけどな。エリザってのは恋人か』

トゥーはあせっていたっけ。

『い、いもうとだよっ』

『でも血はつながってないんだろ。いいんじゃないか？　愛したって。むしろ余計な感情を持たないほうが、純粋なままでいられる』

額にはりついた髪をかき上げながら、トゥーは寂しげに笑った。

『愛してるよ。……ずっと』

『——非公式にしといてやる。ありがたく思え』

水に濡れた服を乾かしながら、二人は火をたいた。

少女の紫色の唇に親指をあてて、彼女を抱きしめたバロイに、トゥーは思わず尋ねた。

『あんたは？　どうなんだよ』

『ユーイか……？　とんだレディを好きになってしまったものだ。でも……あいつも寝顔は見たことがないんだろう』

『あいつって？』

『エリンさ』

ひどく疲れきって、弱々しい答えだった。

トゥーは何度もうなずいて、言った。

『非公式なんだな』

『ま、そうだ』

ほのかに、ほんの少しだけ、バロイは笑ったように見えた。

それを見たトゥーは、ふいに言葉が口から滑り出た。

『なあ、ユーイがルウ民族の力を持っていたなんてなぁ……』

その感慨はあまりにも、今さらだった。

『そういうおまえも、トゥの王子だったなんてな』

『え？』

バロイはふと鼻で笑った。

『気づいてなかったのか、大学の蔵書〝王家の歴史〟に、おまえのおふくろさん、写真入りで載ってたぞ』

『お、お母ちゃんが？　え？　ま、まさか……』

あわてたトゥーにバロイは眉をしかめた。

『そっちじゃない、その、ロケットの』

トゥーはますますあわてた。

『え、ああ……これお父ちゃんが肌身から離すなって言ってくれたんだ。でも、この人が母親で、しかも皇帝の娘だなんて……お父ちゃんの昔の恋人、かと』

火に当たって赤くなっていたトゥーの顔がさらに赤くなった。

『いい加減にしろ。単なる想い人の肖像を、わざわざおまえに預けたりするか。おまえの母親だからに決まってるだろう』

『へ、変だなー……とは、思ってたんだ……』

見晴らしのいい丘からは、沈んだ艦体の残骸がくすぶっているのが見えた。

すでに水壁は消え、水流は収まっていた。

『彼女はトゥ王家とその国につかえたディグからの贈物。第三ディグノール王朝の宝石と言われた緑の瞳、カナディア皇女。つまり……』

バロイは、せきこんで顔のあたりを払うしぐさをした。

煙を吸いこみ、かれてしまったのどに清涼な空気を送りこんでから、言葉を継ぐ。

『王家の姫であるばかりでなく、このトゥ王朝に名を連ねたれっきとした貴人なんだ。ただし正妃の座は愛妾に奪われ、退けられた』

トゥーはとても信じられない、という顔をしていた。

『まだわからないらしいな。よく考えてみろ、トゥの貴族しか持っていない細密画。おまえ自身の髪、それはディグ人のものだ。次に……』

矢継ぎ早に繰り出される言葉に、トゥーは両手を振った。

『も、もういいよ……っ。オイラ、今はなんにも、考えられないしっ』

それどころでないのは、あたりを見れば一目瞭然だ。

『いいから聞けっ。たび重なる反乱の最中、王家につかえた従者が王子を逃がしたという話があって……』

トゥーはそれでも首を縦に振らなかった。

『偶然が重なっただけだ。そしたら、王子が人殺しなんかするのかよう……？』

『バカ、ディグ人には天性の戦いのセンスというものが備わっている。なにかあれば優秀で勇敢な戦士になるんだ』

腰を落としたまま退いて、トゥーは両腕を振りまわした。

『オオオ、オイラがかい？』

『何度も同じことを聞くな。おまえがやったことはまちがっていた。だが、その才能を生かす道を選べば国の力にもなるんだぞ』

バロイは真顔で彼を見た。

『来いよ、トゥバロスに。そして王に、なれ』

バロイは真剣そのものの瞳でそう言った。

『オイラなんかふさわしくないよ。前科持ちなんだぜ』

すると、威嚇を含んだ笑みがトゥーに向けられた。

『安心しろ。トゥバロスでは人殺しは英雄だ。殺せば殺すほどな！』

トゥーは立ち上がり、一歩、二歩と退いた。

『無茶だ。オイラ、学もねえし』

バロイも立ち上がり、一歩、二歩と前へ踏み出した。

『わかっている。オレ自身はこうでも、帝王学、宗教学はひそかに学んだ。おまえが知りたければ、もっと違うことも教えられる！』

事実、その年から彼は大学の講師に迎えられることが決まっていた。

『だけど』

あくまで消極的な彼に、バロイは警告するように言った。

『尻ごみするならやめておけ。だが、迷妄なままで、どうして過ちを繰り返さないといえるんだ？』

大きく目を見開いたトゥーに、バロイはたたみかけるように続けた。

『学ぶことが必要だ。学ぶ者には師は現れるんだ。オレの言うことをきけ』

うつむいてしまいながら、トゥーは言った。

『勉強はしたいけど、……できるんなら、そりゃあ願ってもないことだけど……メイモウってなんだ？』

片手を差し上げ、宣誓するかのようにバロイは言った。

『もちろん人は己の無知を知らねばならない。迷妄というのは、物事の道理に昏《くら》いということさ』

戸惑うように、慎重にトゥーは聞いた。

『くらい？　目が見えないのか』

間髪入れず、バロイは一気にまくし立てた。

『そのとおり！　意識が暗闇の中で、なにがあり、なにが起こっているのか、世の中のことがてんでわかりゃしないってことだ』

ほっとしたようにトゥーは言った。

『ああ、メイモウはオイラにぴったりだな！』

差し上げた手の、人さし指だけを立てて、バロイはなおも言う。

『だが、おまえは一つの言語を通じて、一つの大切な知識を得た。……気分はどうだ？』

『べつに……』

バロイは差し上げていた手を外側におろした。

『べつに？　べつにってことはないだろう。新しい力を感じないか。その知識はおまえの武器だ』

バロイはきっぱりと断じて、トゥーを説得にかかる。

『口八丁で敵をけむにまくのも、寸断するのも、自由自在に使いわけなきゃ話にならん。それもこれも戦いを有利に運ばせるためだ』

やや気がひけるように尋ねるトゥー。

『あのう、クチハッチョウって？』

『弁舌が立ち――ていうのはだな、口が達者ってことだ』

『タッシャって？』

『ぺらぺらしゃべって人の心を操れるほど話がうまいってことだ』

ようやく合点がいったように、トゥーは手を打った。

『ああ！　あんたのことか！』

雲が晴れたかのようにさっぱりとした表情のトゥーを、バロイは怒る気になれなかった。

『おいっ！　これはオレの武器だ。敵を作るのも味方を作るのも言葉一つだ。使い方をまちがえたことはない――今まではな』

バロイは胸を張って己を示した。

『これを財産というなら、学びは人生を誇らしくさせてくれる素晴らしい体験だ。それだけじゃない。身を立て、身を守るために必要なんだ。そして、それは光り輝いている』

彼の声は聞く者の耳に心地好く染みわたる。

『深海に潜む古の宝冠。朽ち果てた荒れ地に埋もれ、今にも探し当てられるのを待ち望んでいる珠玉の数々を、のぞいてみろ』

トゥーはかすかに首をひねった。

『のぞくだけ？』

『手にするんだ、あきらめるな。人生は光に満ちている。新しい時代を築け、おまえの命で！』

トゥーは拳を握りしめ、明るく声をはり上げた。

『う、うん……なんだかヤル気が出てきた！』

うなずくバロイの目には、英知の光が輝いていた。

『そうだろう、そうだろう』

『なあ、シンカイってなんだ？』

くっと眉間を押さえたバロイは、そこに眼鏡がないのに気がついて、顔を上げた。

『知りたいか？』

バロイはなにか考え深げに言った。

獰悪《どうあく》な光がその目に宿ってはいなかったか？

トゥーにはわからない。

思わず彼はうなずいてしまったのだ。

『だったら、オレのもとで学べ』

気圧されるように、またもうなずいた彼に、バロイは歯をむいて笑った。

『時代は自分で築くもんだ。なあにやってやれないことはない。オレにも運が巡ってきたぜ！　おまえが王なら、オレは補佐官だ。いいなっ』


「バカだあいつは……」

「あなたが育てたのよ、バロイ。あなた自身の手で」

「……オレの故郷では旅に出るということは死にに行くのと同義だった。オレもトゥバロスに骨を埋めに来た。いかに生きにくかろうと、そう決めたんだ」

ユーイは初めてバロイの心の奥を知った。

「なぁ、ユーイ。あいつはオレの知らないどこで死のうというのだろうな……」

淋しそうな日でバロイは言った。


彼女はついてきた。

エリンは後から続く足音を聞いて立ち止まり、背後を見た。

すると後ろの少女も立ち止まる。

姿を隠そうともしなかった。

エリンは何度目かのため息をつき、風を切って近づいた。

「君ねえっ」

「わっ……！」

彼女はとっさに飛びのいて、今にもこぼれ落ちそうな瞳をむいて逃げた。

そのとき、エリンの中でなにかが弾けた。

かっと胸が熱くなって、追いかけずにいられなかった。

角を曲がり、道々の人の群れをかきわけて、やっと彼女の肩をつかんだ。

「な、なんで逃げるんだよ」

「わあ、なんであんたは追いかけるのさ……」

「なんでって、じゃあ君は？」

「えっ？」

「つけてたじゃないか。僕の後ろから、違うの？」

そう言うと、少女の頬は朱に染まった。

「ご……かいしないでよお。だれが、あんたなんかにぃ……サインなんて、欲しかぁないわよう……」

エリンは黙って彼女が手にしていた、紙の束をつかみ取った。

「あっ、返しな……よお！」

「………」

彼の手から取り戻すと、彼女は言い訳のようにつぶやいた。

「言っとくけど……あたいのじゃあ、ないんだから……友達がどうしてもって言うんだよ。断れないじゃんか……！」

少女は薄黄緑色の薄布を深くかぶり、表情を隠してしまう。

エリンは多少の好奇心もあって、尋ねた。

「フーン。今、書くものを持ってないんだけど、宿まで来てくれる？　それならしてあげてもいいよ、サイン」

彼はさらさらっと、宙にサインするしぐさをする。

少女は、おっかなびっくり、後ずさった。

「そ……こまでしてもらわなくっても、いいわよ……」

「へたな言い訳するより、一緒に来たほうがらくちんだよ？」

少女はまごついている。

「そんなこと言って……あたいをバカにするんだろう」

エリンは笑ってしまった。

「ファンをバカになんかするもんか！」

「あたいは……べ、べつに」

「お茶くらいは出すし、よかったらお茶菓子でもどう？」

愛想よく言って、しっかり紙束を質に取ったエリン。

かなわない、というような顔をして、少女はついてきた。

「こ……ここでいいし」

宿の門前で立ち止まる彼女に、エリンは粘った。

「いいじゃない。まだ陽も高い、寄り道してってくれたら最高！」

「だ……けどさあ。あんたのファンに、見られでもしたら、ブチのめされちまうわよう……」

「偶然！　僕もよく、ブチのめされそうになるんだ。仲間が増えて心強いよ！」

「へ……ヘンなやつ」

妙な勢いに乗せられて、少女はエリンの仮宿の入り口前まで足を踏み入れた。

「ここでいい……待ってるから……」

「なに言ってんの。お茶が冷めるよ」

めったに人前では見せない大笑いをして、エリンはお茶菓子をトレイに乗せて現れた。

「それに、子猫みたいに廊下で待ちんぼなんて、かわいらしすぎるからさ。入って！」

エリンの陽気な声にも、少女は気後れするらしい。

「い、いいったらぁ……！」

どうしても入ってこない少女に、ふとエリンは考えてみた。

「ねえ？　それともさ……」

首だけ廊下に突き出してエリンは瞬いた。

「たしなみよくしてなきゃ、しかられちゃうのかい？　パパとママに」

さて、少女の反応はいかに。

「なに……言ってんのぉ？　あたいにパパッ！　それにママだってぇ？　お里が違うよぉ！　ハーハハハッ。キャハハッ、ケッサク！」

顔中に口を広げて少女はバカ笑いしている。

「それにねぇ……こんなにかわいい顔したケダモノもないもんだよぉ……ククーッ、ハハッ」

彼女はまだ笑いが止まらないようだ。

「悪口とは、とらないけど……やっぱ、バカにされてんのかな」

眉を曇らせてみるエリンだった。


夜中のことだった。

リイザが戸を開けると、二人の客が目を見開いて立っていた。

「エリン……お願いがあって来たのよ」

バロイはせき払いをして、ひとしきり説明した。

「……ということでな」

「ふうん。作中の王子をねえ……いいけど。僕も殺したままにしとくの、もったいなかったんだ。せっかくモデルがいるんだしね」

ぼんやりしていたユーイを、バロイとエリンが不思議そうに見た。

「どうしたの？　お姉さん」

ユーイは横に首を振った。

「いえ、大丈夫、なんでもない」

「疲れてるんじゃないのか？」

「……」

「なにっ、その沈黙？　お姉さん」

「いえ……時は移りゆくものなのね……と」

「ええっ、お姉さんは相変わらず……って、今の言い方、なんかもの含んでる？」

「あらあっ？」

すっとんきょうな叫びに、三人が戸口を振り返ると、

「エリンちゃーん、じゅうたんひきずっちゃったけど、いいわよねえ？」

「ああ、大丈夫、だいじょうぶ……」

エリンは軽く手を振って、話を戻した。

「そうと決まれば、次の作品には生き返った王子を主役に据えてっと」

「本当にいいの？　エリン」

「なんでさ。いいに決まってるよ。だって僕も興味あるもの。彼がどんな活躍をしたか、これからなにをしようとするのかに」

「あなたならできるって思ったわ。あのとき、最後のメッセージで、緑の髪の乙女たちが平和に暮らせる世界を目指そうって……感動した」

「つまんないって言われるの、覚悟の上だったんだけどね。あなたのために」

「あー……、エリン」

「なに」

バロイのぶっきら棒な呼びかけに、あきらかにむっとした顔つきで、応じたエリン。

だが案に反して、バロイは立ち上がると、腰から身を折り曲げ、礼をした。

「恩にきる」

「やめてよ！　あんたにそんなことされる理由なんかない」

「それでも、礼を言う」

「そっちがそれでかまわないなら、いいけどね」

そのとき、なにかが砕ける派手な音響が三人の耳をつんざいた。

「んもお、じゃまだったら……ねえ、エリンちゃあん、またガラクタ増えちゃったわぁ。いいわよねぇ？」

あまりに間延びした声が、あたりの緊張感を一気に突き崩した。

「どういう子なの？　さっきから気になっていたんだけれど」

「ユーイお姉さん、あのね、これはね……」

「単純にいって興味があるわ。紹介してくれないかしら？」

「あああ、あ……う、うん。リイザっていうんだ。居ついちゃって……さ」

「居ついたなんて、人聞き悪いわねえ。いてやってるんだわよ。炊事だってしてやってるんだからぁ」

隣の部屋から騒音とともに返事が戻ってきた。

「宿の人は助かってるらしいんだけどね……」

「まあいいじゃない、二人分の宿賃くらい。あなた、もうお金持ちなんだし」

そばにいたバロイが嫌な顔をした。

「甲斐性なくて悪かったな」

「講師っていっても、薄給なのよね。私もそうだけど。いっそのこと診療所に帰ろうかしら」

「それはそうと、連絡はきちんととってるの？　ええと、『スイ』って言ってたっけ……あのみなしごの名前は？」

「あ、ええ、どうにかね。それに……私がいなくなってから、先生ったらすっかり元気になっちゃったんですって」

「どうして？」

「おおかた、甘える相手がいなくなったからだろう」

「覚えがあるような言い方ね、バロイ」

「だがあの小僧がなあ……診療所の跡を継ぐとは、オレも予想はしなかった」

「もともとよく手伝いをしてくれていたし、望みは半々ってとこだったかしら。先生は私と結婚させたかったらしいの」

「——あんな、ハナタレの話をするなっ」

「なんで、僕を殴んのさっ！　バロイッ」

旅の宿といえば、エリンはたびたび部屋を断られてきたのだった——。

「そういえば、歌うのはやめたのよね？　こんないい部屋に泊まっているところをみると」

「バロイ、私の声音はやめてったら！」

「気持ち悪いなあ、相変わらず。お姉さん、別れてよ」

「そうもね……」

「あっ、なにっ。ため息ついたな？　ユゥーイィ！　オレがどれだけ愛してるか、こいつに教えてやってくれ」

「私のほうが愛してるわ」

全員がしゃっくりをした。

絶句する男性陣の合間から、イモムシがのたくるようなのんびりとした声が届いた。

「決まってるじゃないの」

「エリンちゃん、この原稿……」

戸口からリイザが紙の束を頭上で振った。

「あーっ、捨てちゃ駄目っ。大事なものなんだからっ！」

「わかってるわ……でも汚い字ぃ……あたい書き直したげよっかぁ……？」

「字、書けるの？　リイザ」

「ふっふーん、仕事で店のチラシなんかを作ったこともあったからねえ。もっと整理すれば、見やすくできるものよぉ」

存外、悪い娘でもない。

エリンはつい、つぶやきをもらした。

「わお……僕、すごい拾い物しちゃったみたい」

だが隣の部屋では依然、格闘している音がやまない。

どうにもこうにも、リイザは働き者らしかった。

「あたいはぁ、サインもらったお礼がしたいだけ！　終わったら出ていくかんねぇ」

「だから、お礼なんて大袈裟なんだってば。いいって言ってるのに」

エリンが大声で怒鳴ると、リイザはひょっこり顔だけこちらに向けて、

「んんー？　でもお、さっき壺落っことしちゃったしぃ……。カップとソーサーっていうの？　あれもぉ……」

一気に青ざめて隣の部屋へ飛びこんでいったエリン。その絶叫が宿屋に響き渡った。

「わ、わあーっ！　そ、備えつけの壺がぁっ。リイザ、それっ、それ……年代物のセット……」

エリンが呆然としているのにもかまわず、リイザはあくまでマイペースだった。

「いいじゃなぁい、その分働いて返すからぁ」

「あーあーっ、君が来てから何個目だと思ってんの？　僕、半日で破産しちゃうよっ」

戸口をのぞいていたバロイが、渋みのある真顔でごちた。

「血のめぐりの悪い女だな……ちゃんと飯くってんのか」

そう言っている間にも、棚の上の本の山がハタキでたたき落とされた。

「失礼しちゃうわねぇ、脳味噌に栄養はいきわたってるわよお。こんなだだっ広い部屋、片すほうの身になってもごらん。ねえ？」

リイザはそう言ったが、バロイは顔をしかめっぱなしだ。

「僕なんだか、涙が出てきたよ……」

目頭を押さえたエリンに、バロイが冷静な一言を述べた。

「おまえ以上の疫病神がいたとはな……」

深く、ふかくふかかく、息を吸いこんでエリンは泣いた。

「リイザは悪くないっ。僕が悪いんだあぁっ。すべてっ、すべて僕が……っ！　ああっ、でも、でもぉーっ……！」

「――ひどすぎるぜ。ありゃ女か？」

彼女がなにかするたびに、物が壊れてゆく。

全員の耳に久しぶりの、だが懐かしんでばかりもいられない、破滅の音が――再び。

「宿屋が助かってる……か」

「拾い物、ねえ……」

エリンの自虐的な言葉は、その場にいた全員を当惑させたのだった。

しかしながら――そうしたひとときが皆の心をきらめかせた。

「ま、お似合いってとこだ」

「本当よ、エリン。さよなら」

FIN

著者プロフィール

柳 りゅう（やなぎ りゅう）

神奈川県在住。

高校卒業後、英国へ留学。水が合わず4年のところが1年で帰郷し、武蔵野美術短期大学部を卒業。

小説を書く勉強もした。

趣味はマンガと昼寝。小説も読む。変人と言われたことがあるが、自分ではふつうだと思っている。

I BELIEVE

2004年5月15日　初版第1刷発行

著　者　柳 りゅう
発行者　瓜谷 綱延
発行所　株式会社文芸社
〒160-0022　東京都新宿区新宿1-10-1
電話　03-5369-3060（編集）
03-5369-2299（販売）

印刷所　株式会社平河工業社

ISBN4-8355-7055-3 C0093